À GRANDES GORGÉES
DE POUSSIÈRE

De la même auteure

À la mauvaise herbe, poésie, Sudbury, Prise de parole, 1999.

*Cinquante exemplaires de cet ouvrage
ont été numérotés et signés par l'auteure.*

Myriam Legault

À GRANDES GORGÉES DE POUSSIÈRE

Roman

Prise de parole
Sudbury 2009

Catalogage avant publication de Bibliothèque et Archives Canada

Legault, Myriam, 1976-
   À grandes gorgées de poussière : roman / Myriam Legault. — 2e éd.

ISBN 978-2-89423-244-6
   I. Titre.

PS8573.E46125A725   2009   C843'.54   C2009-904604-0

Distribution au Québec : Diffusion Prologue • 1650, boul. Lionel-Bertrand • Boisbriand (QC) J7H 1N7 • 450-434-0306

 Ancrées dans le Nouvel-Ontario, les Éditions Prise de parole appuient les auteurs et les créateurs d'expression et de culture françaises au Canada, en privilégiant des œuvres de facture contemporaine.

La maison d'édition remercie le Conseil des Arts de l'Ontario, le Conseil des Arts du Canada, le Patrimoine canadien (Programme d'appui aux langues officielles et Programme d'aide au développement de l'industrie de l'édition) et la Ville du Grand Sudbury de leur appui financier.

ONTARIO ARTS COUNCIL
CONSEIL DES ARTS DE L'ONTARIO

Patrimoine   Canadian
canadien   Heritage

Conseil des Arts   Canada Council
du Canada   for the Arts

 Sudbury Greater·Grand

Œuvre en page de couverture : Olivier Lasser
Conception de la page de couverture : Olivier Lasser

Éditions Prise de parole
C.P. 550, Sudbury (Ontario) Canada P3E 4R2
http://pdp.recf.ca

ISBN 978-2-89423-244-6

Réimpression

Je dédie ce roman à tous ceux qui ont un goût de poussière au fond de la gorge, et qui comprennent l'importance de le savourer.

L'auteure remercie la Ville d'Ottawa
qui lui a octroyé une bourse pour la création de ce roman.

CHAPITRE I

On ne s'est pas rendus à la rivière, ce dimanche-là. À cause d'elle. L'étrangère. Nadine.

À genoux sur le chemin de terre, ses vieilles espadrilles couvertes de poussière, elle est penchée sur quelque chose que je ne peux distinguer. Je lance un point d'interrogation à Antoine. Il hausse les épaules. Les étrangers sont rares, par ici. Avec raison : notre village est un trou. Les étrangers, ça passe à côté du trou ou à travers le trou, mais ça ne reste pas dans le trou. À part ceux qui visitent de la parenté. Et ils ne valent pas grand-chose, ceux-là ; ils se réjouissent de se promener nu-pieds dans le gazon, puis piquent une crise s'ils marchent sur une couleuvre. Ils ont toujours peur des couleuvres. Ils doivent les prendre pour des serpents venimeux.

L'étrangère en face de moi ne semble surtout pas s'inquiéter des couleuvres ni des serpents. Penchée sur sa trouvaille, elle ne nous a pas remarqués.

— Qu'est-ce que tu as là ? demande Antoine, perplexe.

Elle sursaute, bondit sur ses pieds, et c'est alors que j'aperçois ce qui retenait son attention : un chat mort. Le crâne tordu, le poil noir taché de sang coagulé, il ressemble à un toutou torturé. Ayant soudain envie de vomir, je me mets à observer le bout de mes sandales.

— Câline ! s'exclame Antoine, c'est un chat !

Il éclate de rire.

— Mais qu'est-ce que tu fais là avec un chat mort ? T'as tellement faim que tu mangerais n'importe quoi ?

L'étrangère ne rit pas. Se tenant bien droite, elle se plante les mains sur les hanches et fixe froidement Antoine.

— Tu vas m'aider, oui ou non ?

— Quoi, à le bouffer ?

— Non, rétorque-t-elle, à le mettre dans le sac de plastique.

Antoine ne rit plus. Intrigué, il contemple le sac de plastique qu'elle tient dans sa main droite.

Je les regarde arracher le chat du chemin de sable, le faire tomber dans le sac. C'est irréel ; j'ai l'impression d'assister à un rituel. Le soleil se retire derrière des nuages ; la forêt dans mon dos retient son souffle.

L'étrangère fait volte-face en m'entendant approcher et, sans dire un mot, me tend sa main droite. Dans la main, le sac. Dans le sac, le chat mort.

Mais c'est elle que je scrute. Teint foncé, cheveux noirs qui lui frôlent le milieu du dos. Et les plus beaux yeux du monde. Des yeux couleur de sable mouillé, couleur des cubes de caramel qui fondent sur la langue. Je pourrais passer tout l'après-midi à l'admirer, cette fille. C'est à ce moment-là que son regard tombe dans le mien. Je fige. Elle sourit. Je fonds.

— Le prends-tu, le sac?

La voix d'Antoine brise l'enchantement. Une roche lancée sur un miroir. Clignoter des yeux. Me tourner vers Antoine, qui attend une réponse. Faire oui de la tête, me trouver à suivre l'étrangère, un chat mort à la main.

⚜

Nadine vit dans l'ancienne maison de la famille Laplante, un petit bâtiment jaune coincé entre deux murs de forêt. Un cheval de bois, pâli par le temps, s'étire debout à l'entrée de la cour. Il m'a toujours plu, ce cheval. Il ne semble pas malheureux d'être voué à l'immobilité. Il tient, entre ses pattes avant, une boîte aux lettres proclamant «Bienvenue chez les Laplante». Nadine s'arrête devant le cheval, le considère un moment et se met à arracher les lettres noires collées à la boîte. Nous la regardons faire. Cette mutilation, ce crime sont à la fois troublants et délicieux. Les caractères sont tellement vieux qu'ils laissent leur empreinte dans la rouille.

Elle empoche la famille Laplante, tapote la crinière du cheval de bois et se dirige vers sa nouvelle maison. En franchissant le seuil, je m'aperçois qu'il n'y a personne, ce qui ne semble pas déranger la fille. Le salon est dominé par deux vieux fauteuils et quelques énormes bibliothèques qui s'inclinent sous le poids de leurs livres et de leurs *National Geographic*. Des vêtements traînent un peu partout et dans les coins sont empilées des boîtes pleines de cochonneries. Je ne vois pas de téléviseur, mais j'enjambe deux piles de disques en traversant le salon. C'est un désordre admirable. Un désordre qui se moque de la propreté.

Mine de rien, Nadine nous mène à la cuisine et ouvre le congélateur.

Quelle horreur.

Un congélateur plein de sacs de plastique. Dans les sacs de plastique, des animaux morts.

Un frisson me traverse. On dirait qu'une bibitte se promène dans mes cheveux. Qui est-elle, cette fille ? Elle est une sorcière, sûrement qu'elle est une sorcière. J'ai le goût de tourner les talons et de retrouver la réalité. Mais que fait Antoine ? Il lui parle, il la regarde.

— Non, sérieusement, qu'est-ce que tu fais avec les chats ?

— Pas juste des chats, tu sais. Des écureuils. Un raton laveur.

— Ah oui ? Qu'est-ce que tu fais avec ?

Elle virevolte sans crier gare, regarde Antoine droit dans les yeux, une vraie panthère. Des étincelles scintillent au fond de ses yeux. Elle ne manque pas de cran, celle-là. Ça me plaît. Le cran, c'est une qualité rare chez les filles. Les filles avec du cran se rendent quelque part dans la vie ; elles ne passent pas leur temps à s'admirer le nombril et à se plaindre de leur existence. Si je me tiens près de Nadine, qui sait, peut-être qu'un brin de cran déteindra sur moi et me donnera le courage de quitter mon trou de village.

— Suis-moi.

Il la suit. Je le suis. Un frisson dans mon cou me donne l'impression que les chats morts du congélateur nous suivent.

Au fond de la cuisine, une porte de grillage donne sur un garage délabré. Je m'attends à ce qu'il soit en désordre comme le salon, mais il est presque vide. Nos pas résonnent sur le ciment. Dans un coin du garage, une couverture d'ombre cache une pile de formes indistinctes. Nadine s'y rend, enfonce sa main dans l'obscurité et en ressort un raton laveur à moitié mort.

Non, pas à moitié mort. À moitié empaillé.

Soudain, il se met à bouger de concert avec les gestes de Nadine, qui, de derrière le corps de l'animal, s'exclame d'une grosse voix : Je suis vivant !

Antoine sursaute et, c'est plus fort que moi, j'éclate de rire. Nadine s'esclaffe à son tour, bondissant vers Antoine en agitant le cadavre raide.

Antoine est mal à l'aise. Après m'avoir lancé une foule de regards inutiles (Viens-t'en, on s'en va) que je rejetais tour à tour (Non, pas tout de suite), il se lève et part sans moi. Tant pis. Je reste. Elle m'a accrochée, la Nadine, elle me fascine.

Dire que Nadine est fascinante, ça ne suffit pas. C'est se plonger le doigt dans une boîte de lait condensé. Nadine est vivante tout en étant sereine, enthousiasmée tout en étant détachée. Elle est un cube Rubix. En l'observant, on sent qu'elle détient la clé de son propre mystère, mais qu'elle l'a cachée pour se rendre la vie plus amusante.

Alors que la nuit s'empare du jour, nous arrachons des brins d'herbe que nous empilons en forme de pyramide. Nos mains deviennent vertes, des mains de Martiennes.

— Quand j'empaille les animaux, j'ai l'impression de leur redonner la vie. Ça paraît bizarre, hein ?

— Comment as-tu appris à faire ça ?

— En achalant mon oncle, un taxidermiste. Mais ce n'est pas facile. À Montréal, les animaux morts ne pleuvent pas du ciel. Je fouille les parcs. Je trouve surtout des oiseaux. Et des écureuils, des écureuils gros comme des lapins.

Oublions les écureuils. Montréal ? Elle vient de Montréal ? Je savais qu'elle venait d'une grande ville, mais... Montréal ! C'est le comble. Depuis quelques mois, je suis obsédée par Montréal. Je passe des heures à la bibliothèque de l'école secondaire à me gaver d'articles et d'images sur Montréal. Le soir, seule dans mon lit, je roule les mots *Saint-Denis*, *Vieux-Montréal* sur le bout de ma langue. C'est ridicule, je le sais, mais je suis tombée amoureuse de cette ville-là. Le jour où je me sortirai la tête du trou, ce sera vers Montréal que je pointerai le nez.

Nadine connaît tous les arrêts de métro, les meilleures boutiques de livres usagés. L'an dernier, elle s'est assise dans un parc pour observer le tournage d'un film, un vrai de vrai, puis elle a fini par y participer.

Suis-je impressionnée ? Démesurément.

La ville est une bête, me dit-elle. Une bête qui ne cesse de gronder, une bête au ventre plein de fourmis qui vont et viennent, puis un jour, boum ! les fourmis réalisent que tout ce qu'elles font, c'est tourner en rond. Les docteurs appellent ça la dépression nerveuse.

Nadine pourrait tenir tête aux meilleurs orateurs de la planète. J'envie les gens qui parlent comme ça. Ces gens qui énoncent leurs opinions en toute certitude, sans prendre le temps de se demander ce qu'en penseront les autres. Leur conversation est une respiration; ils aspirent ce qu'on leur dit, ils expirent des déclarations.

Au bout d'un moment de silence, je lui demande :

— Pourquoi es-tu déménagée ici ?

Elle détourne son regard.

— Maman a laissé mon père. Elle voulait qu'on se sauve le plus loin possible de Montréal. On a abouti ici.

Son air blessé révèle que j'ai évoqué un point délicat. Nadine change de sujet :

— Toi, pourquoi es-tu ici ?

Bonne question.

— Je suis née ici. C'était correct quand j'étais petite, mais maintenant...

— C'est rendu plate ?

— Mets-en ! C'est pénible, vivre ici. Il n'y a rien à faire. En plus, les gens te regardent de travers si tu ne vas pas réchauffer les bancs de l'église. Bienvenue aux années trente ! Tu vas voir, tu vas haïr ça toi aussi.

On partage un soupir, le soupir de deux Martiennes s'apitoyant sur leur sort. La tête dans le creux du bras, on regarde les étoiles. Je me jette dans l'obscurité du ciel, je joue à la marelle sur les étoiles.

— J'aime me sentir insignifiante, affirme Nadine. Je pense que les étoiles ont cet effet-là sur tous les êtres humains. Ça nous rappelle qu'on est juste une minuscule partie d'un univers immense et qu'il existe quelque chose de plus grand que nous.

Elle se tourne vers moi.

— Aimes-tu mon hypothèse?

— Je l'adore. Ça me fait penser à ce que tu disais plus tôt, quand tu parlais des fourmis qui tournent en rond.

Elle est ravie, elle se lance:

— Oui, tout à fait! Regarde tes parents. Que font-ils? Ils se lèvent, ils vont travailler, ils soupent, ils vont se coucher. Jour après jour. C'est banal, c'est déprimant. Des millions de personnes vivent comme ça! Imagine! Et au fond, ça donne à quoi? Ils s'achètent une belle maison, une auto neuve, des pélicans en plastique pour mettre sur le gazon.

— Hélas!

— Oui, hélas! Notre société fait pitié. Moi, je ne vais pas vivre comme ça.

— Que vas-tu faire?

— Pas certaine. Peut-être que je vais devenir taxi-dermiste. Ou peut-être que je vais quitter le pays, aller enseigner en Thaïlande.

— En Thaïlande!

— Pourquoi pas? Ou retourner à Montréal, puis devenir artiste. On va voir. Tout ce que je sais, c'est qu'il ne faut pas se limiter à une seule vie.

C'est ça! Elle vient de mettre le doigt sur une vérité qui me travaille depuis quelque temps: La vie existe pour être vécue. Il faut la vivre! Se hisser au-dessus de l'ordinaire, croquer dans l'aventure, se remplir les poches d'expériences. Sinon, on va se casser la gueule en trébuchant sur nos regrets. Enfin, enfin, j'ai trouvé quelqu'un qui comprend ça!

Nous renversons la tête, avalons la fraîcheur de la

nuit, l'odeur des champignons. Je lui demande de me décrire la ville, et les criquets ponctuent ma requête. En l'entendant parler des festivals et des rues pleines de vie, je décide que Nadine est une enfant de la grande ville. Je peux facilement l'imaginer écrasée entre des gratte-ciel. Mais ma théorie s'effrite quand je remarque qu'ici, en ce moment, elle s'est intégrée à la nuit; elle est un élément de la nature. Un arbre. Nadine est à la fois un gratte-ciel et un arbre. Je n'ose pas encore le lui dire.

⁘

Des soirs comme ceux-là, il faut les noter par écrit sinon ils coulent, s'écoulent, s'écroulent dans notre mémoire, se transforment en souvenirs aux contours estompés… Du moins, c'est ce que je me dis le lendemain, le dos appuyé contre la porte fermée de ma chambre, le bout d'une plume entre les dents.

Ma plume reste immobile, mais ma tête bourdonne. Ah! la ville… Ah! Montréal… Je dois absolument quitter le village. D'abord, un petit voyage inoffensif à Montréal. Ensuite, qui sait: les États? L'Europe? N'importe où sauf ici.

Ailleurs, voilà le plus beau mot au monde.

Ma mère n'est pas d'accord. Je n'ai qu'à mentionner le mot *ville* et elle devient nerveuse. La ville, pour elle, c'est un endroit peuplé de types dangereux, un endroit où les gens vivent entassés les uns sur les autres. Pour exister, ma mère a besoin d'espace comme moi j'ai besoin de mots. Puisque ma tante Hélène habitait déjà à Montréal, elle a bien été obligée d'y aller à quelques reprises. Chaque fois, elle a poussé de gros soupirs en quittant la campagne, «où on peut respirer comme il faut».

Mais même ma mère ne peut pas nier le pouvoir de Montréal; quand elle se réfère à la ville, elle parle en majuscules: Tu ne veux pas aller à Montréal, Martine. Il y a trop de monde dans la ville. Ça ne se regarde pas quand ça se croise, ça s'habille n'importe comment, ça ne sait pas conduire.

C'est précisément ces êtres-là que je veux voir: les conducteurs fous, les itinérants, les jeunes aux cheveux bleus. Des êtres impolis, braves, différents. Ici, c'est incroyable comme la vie est banale. Rien, rien d'inattendu ne se passe dans notre village. Personne n'essaie rien de nouveau. C'est un village clos. Toujours les mêmes têtes, toujours les mêmes conversations. Les gens regardent vivre leur voisin pour savoir de quoi parler: Madame Martin est allée s'acheter une dinde hier. Elle va ben avoir de la visite ce soir. Qui est-ce que ça peut bien être?

Je ne suis pas la seule à vouloir sortir de ce trou. Les filles du village se gavent de *soaps* américains, elles savent ce qu'elles manquent. Elles veulent se trouver un mari riche qui les amènerait vivre dans une belle grosse maison à Toronto, à Montréal, à Vancouver, avec une piscine en arrière et des lumières de Noël accrochées au toit à longueur d'année. Quétainerie exemplaire! Elles rêvent dans le vide, ces filles-là, elles rêvent en sachant que, faute d'ambition et de courage, elles vont finir par s'installer dans le village. Dans dix ans, elles vont se retrouver à quatre pattes sur le plancher de la cuisine, en train de frotter des taches de

16

pablum aux carottes. En pensant à leurs rêves d'adolescentes, elles vont se rappeler qu'autrefois le monde
entier les attendait. Puis, le front plaqué contre le
prélart, elles vont pleurer dans leurs guenilles.

De toute façon, je ne pourrais jamais voyager avec
ces filles-là ; elles veulent aller à la ville pour se perdre
dans les grands magasins, pour dépenser leur petit
salaire de caissières en achetant du Chanel n° 5, pour
se moquer de tout ce qui sort de l'ordinaire. J'ai des
nausées de dégoût à y penser. Pour elles, le voyage est
un désennui ; pour moi, c'est une faim qui me ronge
les os.

Je repense à la question de Nadine : Pourquoi suis-je
encore ici ? Antoine. Ma mère. Et, soyons réalistes, j'ai
beau être tiraillée par un violent désir de voyager, ce
n'est pas un rêve qui est facilement réalisable. Bref,
je suis en suspens. C'est bien beau, voyager, mais ça
prend de l'argent. Et un endroit où s'allonger le corps,
la nuit. Et une compagne de voyage…

Nadine ? Espérons. Je me croise et me recroise les
doigts.

Mon regard tombe sur ma page blanche. Écrire sur
Nadine, voilà ce que je me proposais de faire, mais
est-ce vraiment possible ? Il me semble que tu suffo-
querais, Nadine, coincée entre les lignes bleues de ma
feuille. Et par quoi commencer ? Comment te liquéfier
dans l'encre de ma plume ? Autant essayer de capter
l'haleine d'une licorne. Nadine. Ton prénom inscrit
sur la page me semble fort insuffisant.

Martine. Un autre prénom, le mien. La voix de ma
mère. La réalité. À côté de mon oreille, la poignée de
la porte tourne sur elle-même.

— Martine, sors de ta chambre, viens manger.

— Je n'ai pas faim.

Oh! la banalité du quotidien.

— J'ai préparé des sandwichs.

Oh! le pouvoir de la culpabilité.

J'abandonne mon projet et, sous le regard de ma mère, je m'affale sur une chaise de cuisine. Ma mère prend beaucoup de plaisir à me nourrir. C'est pitoyable, elle jette son argent par la fenêtre en achetant tout ce que ça lui tente de manger. Non, pas manger! Dévorer! Depuis que mon père nous a abandonnées, les poches sont vides mais les armoires sont pleines. Pitoyable.

En plus, je soupçonne qu'elle aimerait que je sois comme elle. Pour qu'elle se sente moins seule, peut-être. Oui, ma mère est bien en chair. Grosse, ma mère est grosse. Voilà. En ajoutant quelques lettres, on a « grossier », « grotesque ». En anglais, on a « *gross* ». La langue est cruelle, elle crée des dérivations négatives à partir de mots innocents.

Moi aussi, je suis cruelle. Depuis quelques mois, je prends toutes sortes de mesures pour combattre sa passion pour la nourriture : je coupe tout ce que je mange en mille morceaux, je mets une éternité à tout mâcher, je rejette les matières grasses et les ingrédients dont les noms pètent plus haut que le trou, comme dirait Antoine. Ma tâche est facile. C'est surprenant le nombre d'ingrédients mystérieux. « Veux-tu vraiment que je mange du glutamate, maman ? »

Malgré tout, mon plan a échoué ; elle est brillante, ma mère, elle est entrée dans le jeu. Elle se fend en quatre pour préparer des repas succulents qu'elle pense à la hauteur de mes exigences. Ma mère et moi, nous avons les deux pieds plantés dans un jeu d'échecs. Qui est la reine? Qui est la folle?

Aujourd'hui, ma mère parle, parle et parle encore. Elle parle sans se rendre compte qu'elle est en train de mastiquer les mêmes sujets qu'hier, que la semaine dernière. Le ménage. La confiture «aux atacas» de la voisine. La chatte en chaleur. Plus ça change, plus c'est pareil: Ce qui les fait vivre finira par me tuer.

Qu'on me sorte d'ici au plus sacrant.

Tout en m'étourdissant de paroles, ma mère crée une armée de pots et de bocaux qui, vilains petits soldats, envahissent peu à peu la table de cuisine. Au centre, le château fort: des quarts de sandwich empilés les uns sur les autres, entourés de tranches de fromage.

Mmm... Impossible de résister. Et vlan! Le château fort subit une attaque qui lui enlève deux de ses sandwichs aux tomates. Puis, il fallait s'y attendre, ma mère esquisse un sourire. La reine vient de me damer le pion.

❖

Qu'aurais-je écrit, ce soir-là, si ma mère n'avait pas insisté pour que je me remplisse l'estomac? Mes pauvres phrases se sont fait dévorer par la nourriture. Quel triste sort. C'est drôle: il faut vivre pour avoir de quoi écrire, mais la vie s'arrange souvent pour nous empêcher d'écrire.

Je me demande s'il serait possible de capter la vie entière sous ma plume. Si j'écrivais sans cesse pendant le reste de mes jours, qu'est-ce que je finirais par dire? par me laisser dire? Quelles sortes d'histoires est-ce que je m'inventerais pour faire se coucher le soleil?

Absorbée dans ma réflexion, je fais claquer la porte en grillage derrière moi et je bondis sur la route menant à la maison de Nadine. La poussière monte sous mes pieds, se faufile dans mes narines. À bout de souffle, je ralentis en m'approchant du sentier qui donne sur sa maison. Elle est là. Oui, elle est là, au bout de ce sentier.

— Tu me cherches?

Nadine, devant moi. Je feins de ne pas être surprise.

— Oui.

Je suis trop directe. Pourquoi ne suis-je pas plus nonchalante? Heureusement, Nadine ne semble pas remarquer mon zèle. Elle me lance un sourire qui calme un peu ma respiration irrégulière.

— Bon, bien me voici.

Quelques secondes passent, Nadine se berce sur les talons, elle semble me considérer. Je commence à me sentir très maladroite.

C'est elle qui brise le silence:

— Veux-tu aller nager? me demande-t-elle.

Quelle question! La Terre est-elle ronde?

Elle me passe un maillot de bain que j'enfile en vitesse, et nous ne tardons pas à nous mettre en route. Je découvre avec plaisir qu'elle n'est pas encore allée se baigner, faute de connaître assez bien la région pour savoir où aller. En marchant, Nadine crée entre nous un nuage de fumée. C'est un peu déconcertant. Ça brouille ma perception de la distance. Ça donne l'impression qu'elle est à l'autre bout de la planète. Je n'ai pas l'habitude de fumer, mais je lui demande de me passer une cigarette. Pourquoi pas? Moi aussi, je suis capable de transformer mon souffle en boucane. Regarde, Nadine, regarde comme je suis dégueulasse. Je peux faire sortir de la fumée de mon nez. Comme un dragon.

Entre nos bouffées de cigarette, nous parlons d'Antoine.

— Qu'est-ce que vous faites pour passer le temps?

— Pas grand-chose. On va à la rivière, on mange de la tarte au resto. Ou bien on compte les autos qui passent dans la rue Main. Les gens n'ont rien à faire, ça se promène d'un bout à l'autre de la rue pour tuer le temps. C'est amusant à regarder.

— Il est beau, Antoine, tu ne trouves pas?

Je m'arrête net, je me couvre les yeux pour bloquer le soleil, je la regarde. Antoine, beau?

— Je ne sais pas. C'est Antoine.

Ça devrait tout expliquer, mais elle ne semble pas comprendre.

— Puis?

— C'est Antoine, je répète. Je l'ai vu manger des tartes à la boue. Il est comme… il est comme un cousin. Ou une fille. Il n'est pas laid, mais il n'est pas beau. Il est juste Antoine.

— Il est neutre.

— Oui! je m'exclame. On pourrait en faire un adjectif.

Je montre du doigt un bouleau à notre gauche.

— Cet arbre-là, il est antoine.

Nadine rigole. Elle me trouve drôle, donc je le suis sûrement. Je voudrais continuer à faire la drôle, mais je n'y arrive pas ; mes idées comiques ont sacré le camp.

En avançant vers la plage, j'aperçois, avec un brin de panique, deux adolescentes allongées à plat ventre. Merde. Sylvie et Linda, les filles en plastique qui se prennent pour des mannequins : ongles d'orteils rouges, cheveux bouton d'or Nice & Easy. Pas très brillantes, ces deux-là. On les regarde dans les yeux, et on se perd dans le vide.

Elles enlèvent leurs lunettes de soleil, se haussent sur leurs coudes et attendent que nous passions près d'elles.

— Allô, Martine, me dit Sylvie en dévisageant ma compagne.

Elle vient de briser l'accord tacite : les filles du village ne m'adressent jamais la parole pendant l'été. Un sourire étiré, un signe de la main, politesse oblige, mais c'est tout. Vous me laissez tranquille, je ferai de même. De septembre à juin, c'est autre chose ; les classes sont tellement petites qu'on est bien obligées de se parler. L'année dernière, on a même fait semblant d'être amies. Elles me téléphonaient pour chialer contre leurs profs, pour se vanter du nouveau gars élu le chum du moment. Ça n'a pas duré longtemps. Au bout de quelques semaines, j'ai cessé de répondre à leurs appels et conclu qu'Antoine à lui seul valait plus que deux cents Sylvie et Linda.

Je me glisse près de Nadine d'un geste protecteur. En présence des deux Barbies, elle est devenue plus parfaite que jamais. Ses cheveux dépeignés, ses cils dépourvus de mascara articulent une vérité éclatante : Se mettre belle pour aller à la rivière, c'est l'absurdité totale.

Je leur murmure un bonjour en suivant Nadine, qui est passée à côté d'elles sans leur jeter plus qu'un coup d'œil.

Le regard des deux filles perce un trou dans mon dos. Vous parlerez de moi, mais est-ce que ça va améliorer votre vie? Allez-y. Je m'en fous, je m'en fous, je m'en fous.

— Oïe! s'écrie Nadine. Elle vient d'apercevoir le pont qui s'arque au-dessus de la rivière. Ça, j'aime ça!

Je l'ai impressionnée! Miracle.

Nous nous déshabillons jusqu'au maillot de bain, puis nous courons le long de la plage et grimpons le sentier menant au pont. En me voyant faire, Nadine se faufile entre les poulies et s'installe à mes côtés. Assise là, perchée sur le pont vertigineux, je me rends compte que je n'ai jamais été aussi amoureuse de la vie. Nous partageons un long silence, nos jambes ballottant au bout des planches. Son visage est tellement proche du mien que je peux voir de petites traces de sueur dégoulinant sur son front.

— Tu me regardes, souffle-t-elle d'une voix douce.

Je me sens rougir jusqu'aux oreilles. Je reste muette, je fixe nos pieds sales. Elle est perspicace, la Nadine. Jusqu'à quel point? Devine-t-elle que je n'ai jamais rencontré quelqu'un d'aussi fascinant qu'elle? que je l'admire à n'en plus finir? Ça me tracasse un peu, cette affaire-là. Je ne devrais pas vouloir être comme elle; au lieu de l'admirer, je devrais me dire que moi aussi, je suis intéressante. Ça devrait suffire.

Je devrais faire ci, je devrais faire ça, je devrais regarder Nadine moins souvent, je devrais quitter le village une fois pour toutes... Le verbe *devoir* est énervant. Il montre du doigt et condamne, mais il n'aboutit à rien. C'est le cul-de-sac de la langue.

Nadine s'étend sur le pont de tout son long. Ma peau sent l'été: terre et sueur. Je veux l'avaler, ce morceau de soleil invisible que j'ai dans les mains. L'avaler et le garder dans le creux de mon estomac pour le recracher en plein milieu de l'hiver. J'ai oublié ce que c'est, avoir froid. Avoir froid me semble impossible tellement j'ai chaud.

— Allez-y, sautez!

Je me tourne au son de la voix d'Antoine, frappée par une vague de culpabilité. Me voici à la rivière où nous passons le plus clair de nos jours, Antoine et moi, et je ne l'ai même pas invité.

Nadine se lève, s'appuie contre un poteau, une main sur la hanche, une vraie Vénus. Les yeux d'Antoine s'agrandissent, il se met à la manger du regard. Arrête ça, Antoine, arrête de la regarder. Et voilà, Nadine s'est transformée en chatte.

— Tu viens sauter avec nous, Antoine? ronronne-t-elle d'une voix veloutée en lui tendant la main.

Antoine s'approche d'elle et c'est à peine s'il hésite, malgré le fait qu'il a horreur de la hauteur. Incroyable. Habituellement, il met un bon vingt minutes à sauter, mais aujourd'hui, sa main se glisse dans celle de Nadine et celle-ci le tire vers elle. Ils semblent tous deux avoir oublié que je suis là, moi aussi. Je suis nulle, je n'existe pas. Ne savent-ils pas qu'ils devraient se lâcher la main? que je n'aime pas les voir liés comme ça?

Avant que je puisse dire quoi que ce soit, Nadine lance un de ses merveilleux sourires à Antoine, le hisse encore plus près d'elle et chuchote quelque chose à son oreille.

Puis, en un clin d'œil, ils ne sont plus là. Un cri sauvage jaillit de la gorge de Nadine et sa crinière noire emplit le ciel. Leurs corps deviennent deux flèches élancées qui percent l'air. Juste avant qu'ils frappent l'eau de la rivière, je vois leurs mains. Elles sont encore jointes.

Comme deux anges qui se suicident.

— On revient demain ?

Nadine s'adresse à moi, uniquement à moi. Antoine est encore dans la rivière, en train de faire semblant que personne ne l'observe. Il est bon nageur. Ses jambes fouettent la surface, ses bras fendent l'air et disparaissent sous l'eau.

— OK. Et Antoine ? On l'invite, cette fois ?

Nadine hausse les épaules.

— Oui, si tu veux, répond-elle d'un air qui se veut indifférent.

Mais attention : une brève flamme s'anime dans les yeux caramel. J'ai à peine le temps de l'entrevoir que déjà elle s'efface. Pourtant, je ne l'ai pas imaginée...

Mes méninges se mettent à tourner.

La lumière s'allume.

Pas besoin d'être Nancy Drew pour remarquer que quelque chose est en train de fleurir entre ces deux-là, quelque chose de pas très catholique. Est-ce possible ? Je frissonne malgré le soleil qui tape dur. Si Antoine et Nadine tombent amoureux, mon univers éclatera.

Ils vont s'embrasser, devenir complices. Pire : ils vont m'oublier. M'abandonner.

Nadine se lève et secoue sa serviette, faisant s'envoler une tempête de sable sur mes jambes. Misère de misère.

— Fais attention ! que je m'exclame en balayant ma cuisse.

— Oh, je suis désolée !

Son visage se froisse comme un sac en papier. Elle s'agenouille devant moi et, à ma grande surprise, commence à enlever le sable qui est tombé sur mon épaule. Je fixe les bretelles de son maillot, conquise. Ses longs cheveux chatouillent mon bras gauche, mais je découvre que je ne peux pas bouger. Que je ne veux pas bouger. La voir si proche de moi me donne envie d'oublier que cette main qui balaie mon épaule s'est faufilée dans celle d'Antoine quelques minutes plus tôt. Je regarde s'envoler les grains de sable en me disant que Nadine ne serait pas capable de m'arracher mon meilleur ami. Elle n'est pas cruelle. La cruauté, c'est inné, c'est incrusté dans les os. Ça émane des pores, comme de l'ail. Puis, comme l'ail, ça projette une odeur qu'on peut détecter de loin.

Je suis trop sensible, c'est tout. On me l'a souvent répété. Votre fille est trop sensible, madame Jonas. Si j'avais grandi à Montréal, ce serait moins grave. À défaut de forêts et de criques, je me serais collé le nez à l'écran de télé, puis les explosions et les meurtres m'auraient rendue insensible aux amis qui se tiennent la main en sautant des ponts.

— Tes cheveux sont pleins de sable à cause de moi, murmure Nadine.

— Ça va, c'est correct, dis-je.

Du coin de l'œil, je vois Antoine émerger de la rivière et se diriger vers la plage. Nadine se fige. Retire sa main de mon épaule, ramasse sa serviette.

— Quoi? Tu t'en vas?

Elle fait oui de la tête en agrippant son sac à dos.

— À demain, donc…

Un signe de la main, puis elle me quitte sans expliquer son brusque départ.

Quelques minutes plus tard, Antoine secoue ses cheveux comme un chien et vient s'installer près de moi.

— Où est-elle? demande-t-il en parcourant la plage du regard.

— Partie.

Il émet un grognement.

— Sans même me saluer!

Ça le désenchante. Son désenchantement me désenchante. Antoine-et-Nadine. La force qui tuera Martine. Tragique. Vaut mieux ne pas y réfléchir. Si je me mets à penser à Antoine et Nadine de cette façon-là, je vais avoir mal au cœur. En brassant la tête pour déloger mes idées sombres, je m'étends sur ma serviette et, avec un effort suprême, je réussis à exiler Antoine-et-Nadine dans une partie obscure de mon cerveau.

Nous sacrifions le reste de l'après-midi à la paresse; la chaleur nous transforme en brocolis mous, les heures coulent aussi doucement que du miel. Nous oublions Nadine. Nous redevenons Antoine et Martine tels que nous étions avant la venue de l'étrangère. C'est dans cet état de léthargie parfaite qu'Antoine se met à fredonner un air que je connais bien:

Une boîte à chanson, c'est comme une maison,
c'est comme un coquillage

On y entend la mer, on y entend le vent, venus
du fond des âges

Il s'arrête.

— Tu te souviens quand on chantait ça?

Oui, je m'en souviens, bien sûr que oui. Il y a quelques années, nous nous sommes lancé le défi de mémo-
riser le plus de chansons possible. Nous les hurlions à
tout bout de champ : en allant de sa maison à la mienne,
en attrapant des mouches à feu dans des bocaux vides,
en descendant la rivière en canot… À la fin de l'été,
notre répertoire était comparable à celui de la station
de radio. En tout cas, c'est ce qu'on se disait.

— Où l'a-t-on apprise, celle-là ? que je lui demande.

— Martine ! Dis-moi pas que t'as oublié ça !

Il se tourne vers moi et me regarde de travers. Je lui
fais de gros yeux.

— Sérieusement, j'ai oublié ! Quoi ? Ce n'est pas la
fin du monde !

Il s'assoit bien droit, s'éclaircit la voix.

— Bon. Je te donne deux indices. Si tu ne devines
pas après ces deux indices-là, tu dois m'acheter un
morceau de tarte aux pacanes. D'accord ?

J'accepte. Il réfléchit un moment.

— Le premier indice : Artémise.

Je pouffe de rire.

— Oh, Antoine, ton indice est bien trop facile ! On
a appris cette chanson-là chez le vieil Alphonse.

Le vieil Alphonse, c'est l'ami du père d'Antoine que
nous sommes allés voir pour étoffer notre catalogue de

chansons. Le vieux connaissait un tas d'airs anciens. Le problème, c'est que l'alcool et l'âge avaient creusé des trous dans les chansons, trous que le vieux comblait en inventant n'importe quoi. Le plus souvent, les mots oubliés étaient remplacés par «Artémise», pour une raison que j'ignore encore.

Les yeux brillant de sourires, Antoine chantonne:

— Une boîte Artémise, c'est comme une Artémise, c'est comme un coquillage...

Il lui prend un fou rire. En voyant les larmes lui venir aux yeux, je sens le rire surgir en moi, puis éclater dans ma gorge. Et nous voilà pliés en quatre; nous rions à en mourir. La vie est belle. Oh! que la vie est drôle!

Quand je m'aperçois qu'Antoine commence à s'essuyer les yeux, je renverse la tête et je crie de toutes mes forces: «Artémise!», ce qui déclenche une nouvelle vague d'hilarité. Je roule sur ma serviette, entortillée par le rire.

Enfin, ma respiration redevient normale, je remarque que la plage s'est remplie de gens du village. Ils nous ont sûrement entendus rire comme des malades. En fait, plusieurs d'entre eux nous regardent. Je m'en fiche. Ils hochent la tête en souriant, et je sais ce qu'ils pensent: Ces deux-là, ils vont bien finir ensemble. Brusquement, je n'ai plus envie de rire. Je me mets à secouer ma serviette, ce qui me fait penser à Nadine.

Antoine est silencieux sur le chemin du retour. La tête baissée, il me pose une question inattendue:

— Tu ne vas pas cesser d'être mon amie, hein, Martine?

Étonnement. Jamais je n'aurais cru qu'Antoine me poserait une telle question. Je reste figée.

— Antoine, dis-je en posant ma main sur son épaule. Mon cher Antoine, je te promets qu'on va toujours être amis.

À mon toucher, il s'est immobilisé. Un nuage traverse son visage, il est gêné, il ne sait plus quoi faire de lui-même. Je remarque tout d'un coup que ses yeux sont d'un vert merveilleux. La couleur du bracelet en malachite que ma mère m'a donné l'an dernier. Pourquoi n'avais-je jamais remarqué ses yeux ? Ils sont beaux, ils ne sont pas du tout banals, pas du tout antoines.

Il se remet à marcher comme si de rien n'était et sa gêne se dissout alors qu'il affirme, tout animé, qu'il croit avoir enfin surmonté sa peur des hauteurs. Après quelque temps, sa voix devient un bourdonnement constant à mes côtés. Je réagis aux moments appropriés, je souris, je hoche la tête, mais je ne l'écoute plus. Je ne pense qu'à une seule chose : ses yeux. Ses yeux de malachite.

CHAPITRE 2

Petits jets de lumière, tracez des sentiers dans la nuit. Attendrissez mon amie.

— Un vrai spectacle! souffle Nadine en sautant dans un buisson.

Si c'est un spectacle, nous sommes des spectatrices manquées; autant que je sache, les spectateurs ne sont pas censés emprisonner les danseurs dans des pots de confitures.

Le bocal s'ouvre, le bocal se referme, une autre mouche à feu est condamnée à perpétuité. Nadine, en bonne gardienne, lève la tête et s'informe de la constitution de ses prisonnières:

— Je me demande ce qui les fait briller.

Ma main veut s'élancer dans l'air: Choisis-moi, madame, je connais la réponse.

— Les lucioles luisent à cause d'une réaction chimique.

Bonne réponse, Martine. As-tu appris ça dans ta classe de chimie? Non, madame, c'est mon père qui m'a fait la leçon.

Et quelle leçon. Il y a une éternité, il m'a donné un bâton lumineux. J'étais sidérée, j'étais aux anges, on venait de me donner un bâton magique. Mais mon père avait le malheur d'être un adulte, et les adultes n'aiment pas la magie. Il s'est donc empressé de m'expliquer les réalités scientifiques derrière l'éclat de mon cadeau. Réaction biochimique d'une enzyme et d'une molécule, blablabla, platitude extrême. Et papa qui continue : Tu vois les mouches à feu qui butent contre ta fenêtre, Martine ? Elles contiennent la même lumière que ce petit bâton.

Son explication m'a terrifiée. J'étais certaine que ce soir-là une armée de mouches à feu s'infiltrerait dans ma chambre et me volerait mon bâton magique. Elles en extrairaient l'essence lumineuse, elles deviendraient des supermouches à feu qui effaceraient la race humaine. Théorie confirmée : Le lendemain, mon bâton ne brillait plus. Mon père a éclaté de rire, ses petits yeux pleins d'amertume : La lumière ne dure pas, a-t-il dit. Rien ne dure dans la vie.

Je n'ai pas encore décidé s'il a tort.

— Quand nous étions jeunes, nous écrasions les mouches à feu, Antoine et moi.

— Pourquoi ?

Parce qu'elles menaçaient la race humaine.

— Parce qu'elles rendaient nos semelles fluorescentes.

Nadine lève le pied et se courbe la tête dans l'espoir de trouver de petits corps lumineux agglutinés à ses espadrilles. J'ai du mal à voir ses pieds ; la nuit a fini d'étaler sa grande cape noire.

À peine une heure plus tôt, je regardais le soleil couler sous l'horizon de l'autre côté de ma fenêtre de chambre. Quelqu'un avait brossé le ciel de coups de pinceau rouges et orange, je me disais que l'univers était un tableau et je me trouvais très profonde. Une tache est apparue sur la route. Elle s'est agrandie en s'approchant de moi et j'ai reconnu les cheveux de corbeau de Nadine. Accélération de mon pouls. Que diable faisait-elle ici?

J'ai dégringolé l'escalier et traversé le seuil en un saut de gazelle, craignant que ma mère aperçoive mon amie. Si elle ouvrait la porte à Nadine, ce serait la fin du monde. Je deviendrais la martyre des adolescents, je serais soumise à d'atroces supplices. Il y en a un en particulier que je ne tolère pas et que ma mère, tortionnaire à temps partiel, appliquerait à coup sûr: l'embarras. Elle bombarderait Nadine de questions ou, pire, mentionnerait des fragments du passé qui me réduiraient à l'âge de sept ans. En présence de ma mère, il faut se méfier de tout; le moindre détail peut être porteur de malheur. Un crapaud croasserait au loin, ma mère dirait: Martine avait peur des grenouilles quand elle était petite, j'éclaterais comme une bulle de savon aux pieds de ma nouvelle amie. On ne vieillit jamais aux yeux de nos parents. On est voué à toujours être leur enfant, c'est-à-dire un enfant.

Heureusement, ma mère était occupée. Enfouie dans le fauteuil, un bol de croustilles dans le creux du bras, elle fixait l'écran de télé. Une blonde vêtue d'une robe scintillante caressait des doigts «la magnifique voiture neuve» que gagnerait ou non un concurrent nerveux.

— Je reviens dans quelques heures, j'ai crié en sortant de la maison.

Une chance que ma mère n'a pas vu Nadine parce qu'elle aurait fait une crise cardiaque. Mon amie fumait. Elle puait, aussi. C'est inévitable ; pas de cigarette sans puanteur. Ça va de pair, comme les mouches à feu et l'obscurité, comme les robes scintillantes et les jeux télévisés.

Elle a pris une dernière bouffée, puis a laissé tomber sa cigarette sur le chemin et l'a écrasée du talon. Elle cachait quelque chose derrière son dos. Elle m'a jeté un sourire mystérieux en sautant d'un pied à l'autre.

— Es-tu prête pour l'aventure ? m'a-t-elle demandé.

Quel délice !

Elle a pivoté sur elle-même, sa longue jupe suivant son mouvement avec un moment de délai, pour que je voie ce qu'elle tenait derrière le dos : deux lampes de poche.

— Tu dois m'aider, a-t-elle dit. Moi je fournis les lampes de poche, toi tu fournis la destination.

J'ai tout de suite pensé qu'Antoine adorerait une telle aventure et j'ai dû écraser mes lèvres l'une contre l'autre pour m'empêcher de le mentionner. Ce serait la sortie des filles. Je me suis creusé la cervelle pour trouver une bonne destination, en vain. Nadine s'impatientait.

— Il n'y a pas de vieille ferme abandonnée dans les alentours ?

— Je ne pense pas.

— Pas de caverne ?

— Non, pas de caverne.

La vie serait belle si je vivais à proximité d'une caverne. Je m'y cacherais de temps en temps, j'immortaliserais mes poèmes sur ses murs, j'écrirais mes secrets sur des bouts de papier que j'enfoncerais dans ses crevasses.

Décidément, j'ai un penchant pour la digression. C'est que j'aime rêvasser. Si on me demandait de faire un autoportrait, je me peindrais avec un doigt sur la tempe, les yeux rivés sur quelque chose à l'extérieur du cadre, perdue dans un rêve. Qu'est-ce qui se trouve en dehors du cadre? Tout et rien.

Nadine a dardé sur moi son regard caramel, et j'ai vu la lune reflétée dans le noir de chaque œil. Cela m'a déconcertée, j'ai bafouillé n'importe quoi :

— On pourrait marcher sans destination.

Je venais de répondre à une question piège. Nadine était ravie, elle a crié : «Génial!», ce qui a allumé une lumière dans mon esprit.

— Je reviens dans deux minutes.

Deux minutes, en effet. Allons, houp! fait Martine en prenant ses jambes à son cou. Boum! fait la porte d'entrée. Clac! font les armoires de la cuisine. Bedigne! Bedagne! font les pots de confitures vides. Salut, fait maman. Rebonjour, fait Nadine.

C'est donc grâce à mon idée géniale que Nadine danse à présent dans le chemin qui sépare sa maison de la mienne, brandissant son bocal comme une épée. Triste scène : Dès qu'elle tente de saisir des mouches à feu, celles-ci s'éteignent. Nadine persiste. Elle saute d'un arbuste à l'autre, ouvrant et fermant son bocal avec des exclamations de joie.

— Je viens d'en attraper deux à la fois! crie-t-elle.

Elle me les montre, fière d'elle-même. Je suis impressionnée ; quatre petites lumières clignotent déjà dans son pot.

— Tu es faite pour ça!

— Tu penses?

— Sans aucun doute!

Une lueur verte s'allume et s'éteint devant mon nez.

— La nuit te fait des clins d'œil! s'exclame Nadine.

— Y a-t-il des mouches à feu à Montréal?

— Quand on voit des clins d'œil à Montréal, il faut s'en méfier. On trouve toutes sortes d'insectes dans la ville, mais rarement des mouches à feu.

— Des insectes, c'est-à-dire...

— Des invertébrés. Des gens faibles. Des hommes qui essaient de tirer avantage des jeunes filles. Quand on fouille les parcs à la recherche d'animaux à empailler, on rencontre toutes sortes de types.

— Et qu'est-ce qu'on fait, quand on les rencontre?

— On sort l'insecticide!

Elle s'arrête un moment, puis reprend :

— C'est moi l'insecticide. Je suis très habile à les répugner. Tiens, je te montre ce que je veux dire. Imaginons que tu es un de ces bonshommes ivres qui se tiennent dans le parc Lafontaine.

Je détourne les yeux, gênée.

— Non! Je ne saurais pas comment agir!

— Tu n'as jamais vu ton père prendre un verre de trop? Tu ne l'as jamais vu crier pour rien, sortir des jurons qui font rougir ta mère, t'insulter?

— Tu veux que je t'insulte?

Insulter Nadine, quelle idée! J'en serais incapable.

— Non, ce n'est pas nécessaire. Mets-toi là, près du fossé. Quand je passerai devant toi, crie : Hé, belle fille!

Ma gêne se répand en moi comme du lait au chocolat chaud. J'ai de la misère à la retenir. Ça y est, elle éclate dans ma gorge et se projette en un rire tordu. Puis elle s'efface illico. Mouvement dans l'air, Nadine qui file devant moi.

— Hé, belle fille!

Cette voix rauque, ce doit être la mienne. Je ne la reconnais pas. Nadine exécute une pirouette parfaite, elle pourrait être ballerine, et s'arrête nez à nez devant moi. Surprise: nous sommes de la même taille. Je l'aurais crue plus grande que moi, je ne sais pas pourquoi.

Se produit alors une chose inquiétante: Nadine change sous mes yeux. La ballerine se transforme en monstre. C'est épeurant. Ses yeux se plissent et me fixent avec une telle intensité, une telle haine que, pour une fraction de seconde, j'oublie qu'elle joue un rôle, j'ai l'impression qu'elle me hait, moi, et je crois mourir. Je fais un pas vers l'arrière sans m'en rendre compte.

Le fossé ne sait pas que je crois mourir. Il joue son rôle à lui, celui de ne pas m'attraper. Il me laisse tomber, tomber, puis m'effondrer de tout mon poids sur le sol dur.

Les yeux de Nadine clignent deux fois. Le monstre est parti.

— Martine!

Elle m'offre son bras, je me lève en grognant.

— Tu t'es fait mal?

— Non, non, ça va, dis-je en brossant les feuilles qui se sont collées à mes jambes.

— Es-tu assez forte pour te promener un peu?

— Oui, oui!

Nous nous promenons, Nadine et moi. Nous errons sur le chemin de terre, nous n'allons nulle part. Le manque de destination me plaît; je me dis qu'en passant du point A au point B on oublie souvent ce qui se trouve dans l'entre-deux. Nadine ne l'oublie pas. Nadine existe dans l'entre-deux.

Elle serre ses doigts en pichenotte et envoie promener un maringouin qui s'était posé sur son bras. Puis, ses épaules se redressent tout d'un coup, elle s'immobilise et chuchote :

— J'entends un bruit.

Je tends l'oreille : criquets, vent dans les feuilles, rivière.

— La rivière ?

Nadine regarde autour d'elle.

— C'est ça! On est près de la rivière ?

J'acquiesce en inclinant la tête.

— On devrait y aller !

— Je ne sais pas. La route est rendue pas mal obscure, Nadine...

— Rien à craindre! Nous avons deux lampes de poche, et six mouches à feu qui peuvent servir de fanal.

Armées de ces négligeables sources de lumière, nous fonçons dans le noir, Nadine avec son troupeau d'étincelles et moi avec les deux lampes de poche. Je retiens mon souffle en lançant la lumière dans la forêt; les arbres paraissent denses. Plus nous avançons, plus ils me semblent étrangers. Nadine ne dit pas un mot, mais elle me suit de près. De temps en temps, son pied droit bute le mien, suivi d'un «Désolée» murmuré à mon oreille. Je frôle le désespoir, mais je joue à la championne courageuse. À force de faire semblant, je pourrais le devenir pour de vrai, non ? Et si ce principe s'appliquait à n'importe quelle situation ?

Au moment où je décide que c'est une idée ridicule, que la force de notre pensée est limitée et qu'on ne peut pas s'approprier des talents inexistants, quelque chose me fait perdre le souffle : le mur de la forêt s'arrête là, à deux mètres de moi.

— La piste !

Championne ou non, je viens de trouver le chemin. Nadine pose sa main sur mon épaule, aussi soulagée que moi.

Nous dégringolons le chemin de terre. Nous ne devrions pas courir en descendant la colline, c'est dangereux. C'est l'aventure. Je freine une fois arrivée à la base de la colline, haletante et pleine de vie. À nos pieds, la baie de la rivière s'offre à nous : noire, profonde, un grand bol d'encre. Si on me disait que ni temps ni espace n'existent sous la surface de cette baie, je le croirais. Le noir placide donne l'impression que l'eau a avalé toute forme de vie. Si j'y plongeais mon grand orteil, pourrais-je le ressortir ? Et si, après avoir fait revoler mes vêtements, je m'y glissais comme dans un bain chaud, serais-je engloutie ?

Je m'approche de l'eau, brave fille que je suis, et je m'assoie en tailleur dans l'herbe. À mes côtés, Nadine s'étend sur le dos et place le bocal d'étincelles sur sa poitrine. Son regard se lève vers les étoiles, le mien aussi.

— On dirait qu'en étirant le bras on pourrait accrocher la lune du bout des ongles et la tirer jusqu'ici, dit-elle.

L'idée me fascine. Je lui demande ce qu'elle ferait de la lune.

Elle sourit.

— Je la placerais sous ma tête et je m'endormirais.

Et pour un moment c'est comme si sa tête reposait vraiment sur la lune. Puis elle se tourne de côté pour me faire face.

— Quand ma mère m'a annoncé qu'on déménagerait ici, j'ai encerclé ton village sur une vieille carte routière que j'avais trouvée dans le classeur de mes parents. La carte était rangée entre BADMINTON, le sport préféré de ma mère, et DIVORCE, le sport préféré de mon père. Ton village se trouvait entre le plaisir et la douleur, entre le jeu du corps et celui du cœur. C'est drôle, non? En regardant le petit point noir qui désignait ton village, je me suis demandé de quel côté se balancerait mon destin, une fois que je serais déménagée. Du côté du plaisir ou du côté de la douleur?

— Puis, de quel côté se balance-t-il?

Nadine se couche et appuie de nouveau sa tête sur son bras plié, contemplative.

— Il s'est planté un pied de chaque côté. Et je pense que la vie, c'est justement ça.

Je la regarde, perplexe. Voyant que je ne comprends pas, elle s'explique:

— On cherche un équilibre entre le plaisir et la douleur. C'est ça, la vie.

Je veux qu'elle poursuive sa pensée, qu'elle me révèle la source de son bonheur (moi? Antoine?) et de sa douleur. J'ai de la misère à m'imaginer Nadine peinée. Elle semble au-delà de la douleur, mais elle ne l'est pas, sans doute. Qu'est-ce qui la fait pleurer, le soir, quand la solitude la met à l'abri de tout regard? Qu'est-ce qui l'empêche de me dire qu'elle est parfaitement heureuse ici?

Je l'épie du coin de l'œil, tentant de deviner ce qui se passe dans sa tête. Son visage change d'air. Elle ne révélera rien, ses pensées sont cachées derrière la barricade qui se dresse chaque fois que quelqu'un s'approche trop près d'elle. Je souhaite que ce ne soit pas toujours ainsi, que je ne sois pas toujours de l'autre côté de la barrière. Un jour, je l'enjamberai, cette barrière, et je découvrirai ce qui se cache derrière. Ce sera un bon jour et Nadine le saura. Je lui souhaiterai bonjour et elle me souhaitera la bienvenue. Je saurai alors que les souhaits peuvent être réalisés.

Ce jour n'est pas encore arrivé. Nadine détourne à la fois les yeux et la conversation :

— C'est dommage que ton village soit sur la carte.

— Pourquoi?

— Parce qu'il devrait être caché du reste du monde.

Je pouffe de rire.

— Il l'est, ne t'inquiète pas! Si tu restes ici, tu vas voir que tous ceux qui habitent à l'extérieur se fichent du village, et que l'attitude est pas mal réciproque.

Je me penche, j'effleure la surface de l'eau. La baie n'engloutit pas mes doigts.

— Pourquoi dis-tu qu'il devrait rester caché?

Sa réponse est merveilleuse. Sa réponse me fait vouloir décrocher la lune du ciel et la poser entre ses mains.

— Parce qu'il est sacré.

En guise d'explication, Nadine embrasse d'un geste les arbres courbés, les quenouilles, les rocs gris de l'autre côté de la baie, la fille à ses côtés qui se penche pour attraper tous les mots qui déboulent de sa bouche.

— Sacré, répète-t-elle.

⁙

L'arrivée de Nadine dans ma vie m'a presque fait oublier le meilleur moment de l'été : la fin de semaine au chalet d'Antoine. J'en ai honte. Dans le passé, j'attendais cette fin de semaine avec des fourmis dans les jambes dès la fin des cours, et Antoine aussi. Cette année, pas de fourmis. Cette année, tout ce qui n'est pas Nadine est insignifiant. Au point où nous pourrions presque nous passer du chalet.

Presque.

Nous parlons du chalet en essayant de faire bouger les balançoires dans la cour d'Antoine. Les pieds plantés sur le siège, nous plongeons le corps vers l'arrière, vers l'avant, vers l'arrière, en agrippant les cordes jaunes effilochées et rudes au toucher. Les balançoires sont supportées par d'énormes poutres qui autrefois, je pense, étaient des poteaux de téléphone. Quand on se balance comme il faut, c'est-à-dire assis, on peut voler si haut que le corps fait un petit saut avant que la balançoire retombe vers le bas. On ne vole pas haut quand on se tient debout, mais c'est voulu. Nous sommes ici pour parler, pas pour nous balancer. Et notre sujet de discussion exige une grande concentration.

— Est-ce qu'on devrait l'inviter au chalet? me demande Antoine.

La réponse est oui. Oui, le contraire de non, oui comme dans éblouie, car c'est mon état d'esprit. Oui comme dans enfouie dans ma tête, car c'est là que se trouve ma nouvelle amie. Veut, veut pas, elle s'est enfoncée sous ma peau comme une épine de rosier. Une épine qui ne fait pas mal, mais dont on ressent la présence en tout temps.

Je ne fais aucun sens. Nadine n'est pas une épine de rosier, pas plus qu'une rose, loin de là. Elle ne se trouvera jamais entre les mains des morts ou des mariées. Si Nadine est une fleur, elle en est une sauvage et elle demeurera ainsi le reste de ses jours, peu importe le nombre de fois qu'on tentera de la cueillir.

La réponse est oui. Mais il ne faut pas dire : Oui, invitons Nadine au chalet. Il faut se serrer les lèvres et regarder les mains d'Antoine, ces mains brunies par le regard du soleil, ces mains qui serrent les cordes de la balançoire avec la même force qu'elles serrent la hache en automne et la pelle en hiver. Il faut faire preuve de patience et relancer le ballon en chuchotant : Attrape-le, Antoine. C'est à toi de jouer. C'est à toi de dévoiler si tu veux ou non la compagnie de la nouvelle venue.

Allons-y gentiment :

— Toi, qu'en penses-tu?

— Je ne sais pas. C'est étrange, avec Nadine. On a l'impression de la connaître, mais en fin de compte on ne la connaît pas tant que ça. Ça ne fait même pas deux semaines qu'elle est ici!

Je siffle, surprise.

— J'ai l'impression qu'elle est ici depuis très longtemps.

Antoine ne répond pas. Je le regarde se laisser tomber vers l'arrière, les bras tendus, les mains enserrant les cordes.

— C'est à toi de décider, c'est ton chalet.

— Mais je veux savoir ce que tu en penses!

Je cache un sourire en me dépliant les jambes, en m'asseyant sur le morceau de bois qui sert de siège. Du bout de la sandale, je frotte la lisière de sol qui s'étale sous la balançoire, tapis brun que nos pieds ont rasé à plat au fil des années. Hourra, il me demande mon opinion! Hourra, il ne semble pas s'intéresser outre mesure à Nadine! Une partie de lui la considère encore comme une étrangère. Je la connais mieux que lui, et cela me plaît. Que rien ne change.

— Ce serait peut-être amusant de l'avoir avec nous, dis-je.

— Oui.

Oui, comme dans réjoui.

— D'accord, c'est décidé, affirme Antoine avec un sourire que je ne peux pas déchiffrer. Je suis sûr que mon père n'aura pas d'objection. Peux-tu te charger d'en parler à Nadine?

— Pas de problème.

Je lui en parle le soir même. Les fourmis ont aménagé dans mes jambes, je bous d'impatience. À peine ai-je franchi le seuil de ma maison que je ferme la porte de ma chambre et que je sors un bout de papier logé dans un roman. Nadine, a noté mon amie d'une écriture ronde, au-dessus d'un numéro de téléphone. Ses 8 ressemblent à des bonshommes de neige décapités.

Une voix féminine plus âgée répond et m'informe que Nadine est dans la baignoire mais qu'elle devrait en sortir bientôt, pourrais-je attendre un petit moment? Nadine ramasse le téléphone quelques instants plus tard.

— Allô?

— Allô, Nadine. C'est Martine. Je m'excuse de te déranger.

— C'est correct, je sortais du bain.

— Je t'appelle parce que j'ai quelque chose à te proposer. Je ne sais pas si ça t'intéressera ou non… Tous les étés, Antoine m'amène au chalet de sa famille, c'est superamusant. On se demandait si tu voudrais venir avec nous.

— Tu parles! Oui, j'aimerais ça! Est-ce que toute sa famille sera là, ou juste nous?

— Nous et le père d'Antoine. D'habitude, il fait des rénovations dans le chalet et nous fiche la paix.

— Excellent!

— Penses-tu que ta mère te permettra d'y aller?

Un éclat de rire m'emplit l'oreille.

— Oui! Je fais ce que je veux.

— Amène ton maillot et un roman, et un sandwich à manger sur la route. Le trajet prend deux heures. On partira vendredi matin.

— D'accord!

Je m'apprête à raccrocher, mais Nadine enchaîne:

— J'ai hâte!

— Moi aussi! Au revoir, Nadine.

— Salut, Martine.

✢

Tout est prêt. Dentifrice et brosse à dents, crème solaire, maillot, roman, gilets chauds et bas de laine, au cas où. Nourriture. En masse.

— Tu devrais contribuer quelque chose! s'est indignée ma mère hier soir en voyant que je ne planifiais pas d'amener de nourriture. Elle s'est enfermée dans la cuisine et en est ressortie avec un sourire aux lèvres. Dans l'espace d'une heure et demie, elle avait fait de la salade au macaroni, des muffins dorés et du pâté chinois.

J'étais trop pleine d'excitation pour lancer un argument. La mère d'Antoine fournirait assez de nourriture pour tout le monde et je ramènerais la moitié du pâté chinois, mais ma mère était fière de ses mets. En les voyant sur le comptoir, tout chauds et prêts à être dégustés, je ne pouvais pas les refuser. En plus, ils saturaient la cuisine d'une odeur divine.

— As-tu ton imperméable? me demande-t-elle ce matin, en tirant les rideaux de la fenêtre du salon.

— Oui, dans mon sac.

— Il n'y a toujours pas de ligne téléphonique au chalet?

— Non.

— Que feras-tu en cas d'accident?

— Le père d'Antoine sautera dans le camion.

— Et si le camion ne part pas?

Je me tourne vers elle, exaspérée.

— Maman!

— Quoi? Je suis ta mère, je m'inquiète. C'est ce que font les mères.

— Tu le fais très bien, je marmonne.

— Quoi? Ah, ils arrivent!

46

Un Ford bleu rouillé s'arrête devant la maison avec un grincement fatigué.

— Alain devrait s'acheter un nouveau camion, dit ma mère, phrase qu'elle réitère chaque fois qu'elle voit le père d'Antoine.

Comme toujours, il porte une vieille chemise et une casquette avec l'emblème de la station d'essence Shell. Il n'a jamais l'air propre, cet homme, mais il me plaît. Il est le contraire de ma mère : réservé, humble, calme. Il choisit bien ses mots et parle... au ra-len-ti. J'ai toujours pensé que, s'il n'avait pas de famille, il se bâtirait une cabane dans les bois et vivrait en exil. Mais il adore sa femme et Antoine, ça se lit dans ses yeux. C'est lui qui a appris à son fils le nom des plantes et des champignons, le trajet migratoire des oiseaux, la meilleure façon d'abattre un poisson (un bon coup de couteau entre les deux yeux), la différence entre le bois dur et le bois tendre (le chêne brûle plus longtemps que le peuplier, le bois dur ça dure. Écoute, son écorce fait crépiter le feu...).

La mère d'Antoine, elle, travaille à la banque et se promène en blouses fleuries bien repassées. Selon les dires de ma mère, le père d'Antoine a rencontré sa femme à Ottawa et ce fut le coup de foudre. Ma mère croit qu'ils s'équilibrent bien l'un l'autre, « comme un bas gris et un bas noir qu'on enfile sans remarquer qu'ils sont différents ».

Antoine me fait signe de sauter dans la boîte du camion, au grand chagrin de ma mère.

— Il n'y a pas assez de place en avant, lui explique-t-il en montrant du doigt les manteaux et sacs à dos empilés à côté de son père.

Antoine paraît à l'aise, la tête appuyée contre la fenêtre arrière, le bras droit qui pend du camion. Tout à fait dans son élément.

Une autre voix, plus précise, plus musicale, s'élève du camion.

— Viens, Martine ! Il y a de la place ici.

Nadine, installée dans le coin opposé de la boîte, se tasse et tapote la couverture de laine sur laquelle elle est assise. Je me hisse dans le camion, puis je bondis au-dessus d'une glacière et d'une toile tenue en place par un pneu de rechange.

En m'asseyant à côté de Nadine, je vois les yeux d'Antoine s'écarquiller ; ma mère vient de déposer devant lui quatre sacs de plastique remplis de nourriture. Elle fait le tour du camion et, avec un sourire poli, elle demande au père d'Antoine si sa femme va bien (Oui…), s'il a installé un téléphone au chalet (Non…), s'il accepterait qu'elle paie l'essence (Non, non !).

Le camion soulève un nuage de poussière en partant. Le vent frappe aussitôt, mêlant nos cheveux en tourbillons et créant un vacarme parmi les sacs de plastique. Nous ne parlons pas ; nous aurions à hurler pour nous faire entendre. Au lieu, nous regardons le paysage. Redondance qui ferait bâiller un grain de café : prés, fermes, forêts, prés, fermes, forêts. Ah, une jument avec ses poulains. Notre rivière.

Le camion ralentit à l'entrée d'un petit village, et le tohu-bohu des sacs de plastique s'atténue. Antoine fait remarquer une affiche qui déclare offrir « la meilleure crème glacée du Nord ». Je me demande ce que les propriétaires du restaurant délabré considèrent comme le Nord. Se sont-ils rendus jusqu'en Alaska pour goûter à la crème glacée des Inuits? L'affiche, aux contours rongés par la rouille, est percée de deux trous parfaitement ronds.

— Des coups de fusil, constate Antoine.

Nadine s'est redressée.

— Des chasseurs? Super!

— Tu aimes la chasse?

Je suis déçue; j'aurais voulu qu'elle soit comme moi, qu'elle sympathise avec les cerfs et les orignaux. Ils n'ont pas de fusil, eux.

— J'adore la chasse! Sauf que je n'en ai jamais fait. Un jour, j'apprendrai.

— Je pourrai te montrer comment faire! dit Antoine.

— Vraiment?

— Oui!

Nous sortons du village et le camion accélère, interrompant une conversation qui m'aurait exclue. Soulagement.

Au bout d'une heure et demie, nous empruntons un chemin raboteux. Les arbres se courbent au-dessus de notre tête et forment un plafond vert percé ici et là par des rayons de soleil.

— Que c'est beau! s'exclame Nadine.

Elle étend la main et attrape une poignée de feuilles qu'elle rejette par-dessus bord. Au loin, une cabane en rondins crée une clairière entre les arbres; nous arrivons.

— Qu'en penses-tu? demande Antoine, les yeux plaqués sur Nadine.

Elle embrasse du regard les arbres, le chalet accueillant, les fleurs sauvages qui longent la route, puis souffle:

— Incroyable.

Je la comprends. On se croirait dans un conte de Saint-Exupéry.

Heureux, Antoine se met à décharger le camion avec l'aide de son père. Nadine et moi, suivant leur exemple, empoignons des sacs et suivons le sentier qui se faufile jusqu'à la cabane. Quelques planches de cèdre enfoncées dans la colline et renforcies à chaque extrémité par des roches plates servent d'escalier. À la droite du chalet, un grillage encercle un jardin envahi par les mauvaises herbes. Le chalet paraît plus petit que l'an dernier et je pousse un petit cri en me rendant compte que c'est une illusion ; ce n'est pas le chalet qui a rapetissé, mais les conifères qui ont poussé. Nadine se tord le cou en entendant mon exclamation.

— Qu'est-ce qu'il y a ?

— Rien. J'avais l'impression que le chalet avait rapetissé.

Elle me jette un regard interrogateur mais ne dit rien, et je sens le feu me monter aux joues. Si le silence est d'or, mes paroles sont de plomb. Elles pèsent une tonne et ne valent pas grand-chose.

Nous déposons les sacs à dos dans le salon. Rien n'a changé : table de cuisine couverte d'une nappe de plastique bleue, vieux divans bruns placés en L dans le petit salon, escaliers conduisant à deux chambres à coucher au deuxième étage. Odeur de cèdre et d'air frais.

Sitôt avons-nous fini d'entrer les bagages que le père d'Antoine demande à son fils de l'aider à ramasser du petit bois pour attiser le feu. Antoine nous assure que nous n'avons pas à aider.

— Faites comme chez vous, lance-t-il en tirant la porte derrière lui.

Je regarde autour de moi en ne sachant pas trop ce que je ferais si j'étais chez moi. Ça n'a rien à voir ; je ne suis pas chez moi, je suis au chalet. Tout est différent, ici. L'air, la saleté, même le temps. Oui, même le temps coule différemment. Il coule soit en petites gouttes, soit en déluge. On n'a rien à faire jusqu'à ce qu'on ait trop de choses à faire. Je lève le regard vers l'horloge. En ce moment, le temps s'étire comme un vieil homme dans un hamac. La petite aiguille de l'horloge avale les secondes une à la fois.

On peut au moins se rendre utiles. Je me penche, j'empoigne deux sacs de nourriture et je les dépose sur le comptoir de la cuisine. Pendant que j'emplis le réfrigérateur, Nadine fouille. Les armoires s'ouvrent et se ferment rapidement, comme dans les films d'horreur. Seulement, l'esprit malin qui hante la cuisine n'est pas malin du tout. Curieux, peut-être, mais pas malin. Et loin d'être invisible.

Le pouce accroché à ses pantalons, Nadine s'étire sur ses orteils et fait bouger les contenus de l'armoire. Mes yeux s'adoucissent en la regardant. N'a-t-elle peur de rien ? Est-elle infaillible, comme la recette de pâte à tarte de ma mère ?

— Biscuits, vinaigrette, thé à la menthe.

Je me tiens à l'écart, mal à l'aise. Que dirait-on au père d'Antoine s'il nous surprenait à fouiller dans ses armoires ? Nadine ne semble pas inquiète.

— Ciseaux, papier brouillon, trombones. Rien de trop révélateur. Je me demande où se trouve l'alcool.

— Nadine !

— Quoi? Je n'en volerais pas. Je suis curieuse, c'est tout.

Quand Nadine se fatigue de fouiller, nous nous plantons les mains sur les hanches et nous nous regardons en nous posant la même question : Que faire?

— J'ai une bonne idée!

Nadine a la tête pleine d'idées et elles sont toutes bonnes. Je ne sais pas comment elle fait pour vivre avec une tête comme ça. Pourtant, elle mange, elle dort, elle gratte la piqûre de maringouin sur son mollet gauche. Ce doit être agaçant d'avoir à se plier en quatre pour râper le bout de peau infecté, mais elle le fait, elle le fait malgré sa tête pleine d'idées. Elle transporte sa tête pleine d'idées sur un cou mince et des épaules carrées. Sa tête n'est pas carrée mais ses épaules le sont, carrées mais féminines. Elles sont fières, ses épaules. Fières de supporter un tel cou, une telle tête, de telles idées. Je me demande si un jour les idées de Nadine se multiplieront à un tel point qu'elles envahiront son cerveau et en feront une manufacture d'idées.

J'ai menti. Les idées de Nadine ne sont pas toutes bonnes.

Elle traverse la pièce, plonge la main dans son sac à dos et me revient en courant. Sa main s'arque devant mes yeux en un mouvement vague qui se termine par un éclair inattendu. Je clignote des yeux, je vois deux points rouges.

— Hé! Tu n'as pas le droit de prendre des photos de moi!

— Ah, s'il te plaît, Martine!

— Je ne suis pas photogénique!

— Ça ne fait rien. Je suis une très bonne photographe.

Comme si cela importait. Comme si, par miracle, son talent de photographe allait me transformer en mannequin. Son raisonnement est plein de trous. On aurait froid aux orteils si on se l'enfilait.

Nadine insiste :

— Tu n'as qu'à faire semblant que la caméra ne fonctionne pas.

— Je ne sais pas…

Elle balaie mon hésitation d'un geste et me demande si j'ai amené de l'insecticide. Alors que j'enfonce la main dans mon sac, elle s'exclame :

— On pourrait prendre des photos des arbres !

Son enthousiasme donne l'impression qu'il s'agit de l'activité la plus intéressante au monde. Elle dirait : On pourrait aller en Espagne ! avec la même exaltation.

Nadine saisit la bouteille d'insecticide et me dit :

— Approche-toi.

Je m'exécute.

— Tourne-toi.

Elle rassemble mes cheveux dans sa main gauche et arrose mon cou, mes épaules, mes bras. Elle a la poigne forte. Des larmes me montent aux yeux mais je ne dis rien.

— À mon tour.

Je retiens mon souffle en l'aspergeant d'un geste rapide, puis je dépose la bouteille sur la table.

— Toutes prêtes ! En avant, moutons blancs !

Nous fonçons dans la forêt qui entoure le chalet. La caméra de Nadine est comme une extension d'elle-même, un grand œil qui voit tout en termes de lumière et d'ombre, de lignes et de contours. Elle me la prête et je la tiens maladroitement, avec l'impression qu'on vient de me flanquer un bébé dans les bras. La seule caméra que j'ai utilisée, c'est celle de ma mère, «la Kodak», l'appelle-t-elle. La Kodak fait pitié. Elle fait semblant d'être une caméra, mais elle n'est qu'un bloc de plastique qui se nourrit de films portant son nom. Ç'en est presque incestueux. Je dirais même que la Kodak a un complexe d'Œdipe. En plus, elle altère la réalité; on regarde dans sa petite fenêtre et on voit une version déformée du monde. Si au moins elle produisait de belles photos, je pourrais lui pardonner ses défauts. Mais ses photos n'ont pas d'allure. Elles sont toutes affreuses; les gens qui ont le malheur de se faire poser par la Kodak de ma mère finissent tous avec des yeux très rouges et la figure très blanche.

Cela dit, la Kodak est merveilleusement simple. Il me faudrait un manuel pour apprendre à utiliser la caméra de Nadine. Comme je n'en ai pas sous la main et comme je n'ai ni le goût ni la patience d'apprendre à la manier, je prétends savoir l'utiliser. Je prends une seule photo embrouillée, Nadine qui s'étire vers les nuages, et j'en ai assez.

Nadine, elle, n'en aura jamais assez. Elle court dans la piste qui serpente entre les arbres, s'accroupit, monte l'appareil à son visage, reste plantée là une éternité. Elle prend des photos bizarres. Clic, roche rayée de quartz. Clic, nœud dans une branche morte. Clic, Martine qui secoue les cailloux de ses sandales.

— Fais comme si la caméra était brisée, fais comme si elle n'était pas là.

Sauf qu'elle est là. Elle est partout. La caméra de

Nadine capte les grenouilles, les nuages, ma montre (Je veux prendre une photo du temps…), les quenouilles qui se tiennent droites comme des sentinelles dans le marais.

— Est-ce qu'on peut manger les quenouilles?
— Quoi, en faire de la confiture? des tartes?
— Oui!
— Non, je ne pense pas.
— Mais tu n'es pas sûre.
— Non.
— Donc, c'est une possibilité.
— Oui, je suppose que oui.
Elle réfléchit.
— Les Amérindiens ont dû manger de la quenouille. Tu sais, je pense que je suis amérindienne de cœur. Pas de sang, mais de cœur. Est-ce que j'ai l'air amérindienne?

Je l'examine. Une lourde tresse pend dans son dos, quelques cheveux rebelles collent à ses tempes. Son teint est foncé, mais je parie qu'il s'effacera à la première tombée de neige.

— Un peu.
— Pas assez. Je ne suis pas née au bon moment. J'aurais dû naître à l'époque des bisons. Je pense que j'aurais fait une sacrée bonne Amérindienne.

C'est bien vrai. Nadine, l'Amérindienne qui change de teint suivant les saisons. Nadine le caméléon. Ma métaphore est juste; la fille qui saisit le monde entier dans sa caméra s'adapte bien à son environnement. C'est-à-dire aux gens dans son environnement. C'est-à-dire à Antoine. À moi. Elle est passée de Nadine l'étrangère à Nadine l'amie en un clin d'œil.

Une branche casse contre un genou, un craquement déchire le silence de la forêt.

— Salut, les filles!

— Antoine! Où es-tu?

— Ici. Derrière vous.

Antoine nous rejoint, des branches plein les bras. Les plus longues s'accrochent au sol et tracent un sentier derrière lui. Si le Petit Poucet était ici, je lui dirais de prendre des notes : Traîne des branches au lieu de semer des miettes de pain, tu retrouveras ton chemin sans problème! Cela lui serait sûrement utile. Si, en fait, il existait.

Nadine passe sa caméra autour de son cou et, sans dire un mot, ramasse les morceaux de bois tombés sur le sentier.

— J'ai laissé une pile un peu plus loin, dit Antoine en donnant un coup de tête qui indique la bonne direction.

Pour ne pas paraître inutile à côté de Nadine la quasi-Amérindienne, je prends moi aussi une brassée de branches. Une d'elles me râpant les doigts, je l'échappe. Je suis la dame sans merci. J'aurai à plier une aiguille sous ma peau pour en sortir les échardes.

L'odeur fine du feu m'assomme dès que j'entre dans le chalet. Que j'adore cette odeur! Je pourrais l'étendre sur mes toasts et la déguster tous les matins. Le père d'Antoine est accroupi devant le poêle à bois, soufflant sur les flammes pour les encourager à vivre.

— Avez-vous faim?

C'est la première fois que le père d'Antoine nous adresse la parole. Nadine semble déconcertée, elle le croyait peut-être muet. Il prend en main la préparation du souper et nous attribue chacun une tâche. Nadine se met à éplucher des pommes de terre, penchée par-dessus l'immense boîte de café Folgers qui sert de composteur. Antoine, lui, est responsable du barbecue, et moi des légumes crus. Tant mieux. Une salade, ça se fait tout seul.

À ma grande surprise, le père d'Antoine enfile un tablier et prépare le dessert, une tarte aux pêches. La pâte est déjà faite (gracieuseté de la mère d'Antoine ou de l'épicerie IGA?), mais je suis impressionnée. Je me demande si mon père faisait des tartes. Je ne me rappelle pas l'avoir vu cuisiner. La cuisine a toujours été le temple sacré de ma mère.

Je m'approche de Nadine, qui essaie de s'essuyer le front en se frottant la tête contre l'épaule.

— Tu es dans les patates? je lui demande en enfonçant mon coude dans ses reins.

Son visage rayonne.

— C'est mieux qu'être dans les prunes!

— Mieux qu'être dans les quenouilles?

Son rire merveilleux emplit la pièce.

— Sans doute!

Quand nous nous mettons enfin à table, c'est pour déguster un de ces repas dont on se souviendra avec nostalgie en tricotant un foulard dans une vieille chaise berçante. Nos fourchettes partent à la conquête de la salade sans que nous ayons dit le bénédicité. De toute évidence, le père d'Antoine perd sa foi en l'absence de sa femme.

L'apogée: la tarte aux pêches. Le père la sort du poêle à bois, fumante, et la dépose sur la table avec un petit sourire. Il a l'air fier de lui.

— De la tarte aux quenouilles? ricane Nadine.

— Si tu veux! répond Antoine en se léchant les babines.

Le dessert surpasse tous ceux qu'a faits ma mère. En savourant la dernière bouchée, je me dis qu'il mériterait bien qu'on lui rende grâce.

D'accord : Au nom du père qui ne parle pas, du fils aux yeux de malachite et de Saint-Exupéry, que Dieu bénisse la tarte aux quenouilles.

CHAPITRE 3

Nadine et moi coucherons dans la « chambre de visite », Antoine dormira sur le divan. Quand nous étions très jeunes, Antoine et moi dormions dans la même chambre. Pas dans le même lit, entendez. Chacun de son côté de la chambre. Chacun dans son propre pays, dont la frontière était délimitée par une coche sur la table de nuit. Pour traverser les douanes, il fallait un passeport (fabriqué à partir du paquet de cigarettes trouvé dans l'armoire) et une raison justifiant le voyage. La meilleure raison, sans exception, était le truc des ombres.

Ah, là, le truc des ombres ! Combien d'heures de plaisir nous a-t-il procurées ? Je n'en sais rien. Tout ce que je sais, c'est que j'y excellais. J'aurais gagné la médaille d'or aux Olympiques des jeux d'ombres. Un jeu simple : s'asseoir sur le lit le plus près de la fenêtre, laisser la lumière de la lune couler comme du lait entre ses doigts, transformer la lumière en animaux qui dansent sur le mur. Antoine créait surtout des lapins. Ils avaient tous les oreilles croches.

L'été de mes dix ans, le père d'Antoine a dit à son fils qu'il n'avait plus le droit de coucher dans la même chambre que moi. J'ai compris alors que coucher entre les mêmes quatre murs que son ami, c'est un droit. Ce soir-là, j'ai ressenti un mépris abominable envers les adultes. J'ai enfin saisi l'importance de leur pouvoir: ils ont la capacité non seulement de nous léguer des droits, mais aussi, et surtout, de nous en priver.

Couchée à présent dans le lit que j'ai toujours préféré à cause de son emplacement favorable au truc des ombres — sous la fenêtre, poussé contre le mur —, je raconte l'histoire des lapins à Nadine. Elle n'en retient qu'un détail, les oreilles croches.

— C'est mignon! Pourquoi n'avaient-ils pas des oreilles droites?

— Parce que les oreilles des lapins ne sont jamais parfaitement droites.

J'épie Nadine sous mes cils baissés. Pense-t-elle à Antoine? Elle a dû sentir mon regard, elle se tourne sur le côté et appuie sa tête sur son bras plié. La lueur de la lune, projetée par la fenêtre au-dessus de moi, découpe sa silhouette sur le mur et pâlit son visage. Effet bizarre. Un fantôme s'est faufilé à la place de Nadine, un fantôme ou un vampire sans dents pointues. La nuit et la lune s'entraident; la nuit nous saupoudre de Voie lactée, la lune déforme les traits.

La raison dicte en toute sagesse que c'est une illusion, mais la chair de poule ne veut rien savoir. Un jour, la raison prévaudra. Entre-temps, je me frotte les bras alors que Nadine darde sur moi un regard probant. Elle aborde soudain un sujet qui me prend au dépourvu:

— Quand vas-tu déménager à Montréal, Martine?

— Euh... Aucune idée. Pourquoi?

— Je suis curieuse, c'est tout.

J'oublie d'un coup la lune, ma chair de poule, les oreilles croches. Mon cœur pédale dans ma poitrine. Veut-elle m'accompagner? La question est assise sur le bout de ma langue. J'ouvre la bouche. Le moment est venu de la cracher : Vas-y, articule tes pensées... mais Nadine s'est mise à parler :

— Tu es chanceuse de vivre ici.

Déboussolée. Je m'essaierai plus tard.

— C'est toi qui es chanceuse, Nadine. Tu as vu plus que moi, plus que la plupart des gens de la région. Ta vie est pleine d'aventures. Moi, je n'ai rien vu.

— Donc, tu devrais changer ça!

— C'est vrai!

— Tu ne veux pas vivre une vie qui est toute tracée?

— Non!

— Tu veux barbouiller en dehors des lignes?

— Oui!

— Et tu ne peux pas faire ça ici?

Je reste muette. Serait-ce possible de trouver un équilibre entre mes deux plus grands désirs, celui de partir et celui de rester ici, avec Antoine, avec Nadine?

— Non.

Ma réponse retentit dans le silence. Ma réponse n'est pas convaincante, elle ne tient pas debout. Elle s'effondre en morceaux comme un biscuit sec. Elle me fait branler. La réalité, c'est que la vie n'est jamais catégorique. La réalité, c'est que chaque choix entraîne un sacrifice. Suis-je prête à laisser Antoine et Nadine de côté au nom de l'aventure ?

Mais que me réserve la vie si je sacrifie l'aventure ?

— Non, il faut que j'aille à Montréal.

— Donc, tu devrais y aller.

— Je le sais.

Nous restons silencieuses. Silence agréable. Nadine me comprend. Elle est la première personne à ne pas me décourager de quitter mon village, et cela vaut plus cher que la Terre. Elle bâille, se recouche et chuchote :

— Tu vas aimer ça mais, crois-moi, tu vas revenir.

— Tu penses ?

— J'en suis sûre.

Avant que je puisse lui demander de s'expliquer, elle bâille une deuxième fois, me souhaite bonne nuit et se tourne pour faire face au mur. Conversation terminée. Je fixe son dos, priant silencieusement : Lève-toi, Nadine. Parle-moi. Elle ne se lève pas, ne me parle pas. Elle s'endort. J'écoute Nadine dormir, respiration de chatte, et je regarde la lune, cette force lointaine et constante qui jette sur mon corps sa poussière laiteuse. Hé, la lune, peux-tu m'aider ? Tu es là depuis toujours, tu as fait de nos doigts des animaux d'ombre, dis-moi quoi faire. Elle imite Nadine, elle ne me répond pas. La lune ne me répond jamais. Mais elle est là, et elle sera toujours là.

Voilà ce à quoi je pense au moment où le sommeil ralentit ma respiration et m'enlève la conscience.

❖

Le lendemain matin, le chant d'oiseau et l'odeur de café fraîchement moulu m'arrachent au sommeil. Je tends l'oreille, mais je ne distingue pas les types d'oiseaux. Trop de chanteurs dans la chorale. Pourquoi chantent-ils? Pour sentir les sons rouler dans leur gorge, ou pour réclamer leur territoire? Le lit de l'autre côté de la chambre est bien fait, l'afghan tiré par-dessus l'oreiller. Aucune trace de Nadine. Je reste couchée, les yeux ouverts. Une carte du monde aux pays rose, jaune et vert orne un bout du mur. Des feuilles de lierre, peintes au pochoir par la mère d'Antoine, serpentent dans la chambre. Touche féminine dont mon ami se moque en secret.

Je me frotte les yeux en me levant, puis j'enfile des jeans et un tee-shirt. Le petit miroir en plastique sur la commode jette une réflexion qui ne me plaît pas. J'ai besoin d'une douche.

Je suis déçue en arrivant dans la cuisine; Nadine et Antoine n'y sont pas. De son fauteuil, le père d'Antoine me dit de me prendre une tasse de café puis replonge le nez dans son journal. S'il n'avait pas parlé, je ne l'aurais pas vu; vêtu en brun de la tête aux pieds, il fait partie du décor.

— Où sont Antoine et Nadine?

— Nadine voulait voir la plage.

— Il fait un peu froid pour se baigner, non?

Le père hausse les épaules, il s'en fiche s'ils se baignent ou non, et retourne à son journal.

Je suis horrifiée. J'aurais dû me lever plus tôt, m'assurer à tout prix de ne pas les laisser seuls. Pour me distraire, je sors une enveloppe de gruau instantané et je pose la bouilloire sur le poêle. Je dois être patiente.

Ils me reviendront bientôt. Je pratique très bien la patience, j'y excelle même. Le secret, c'est de se coller les lèvres et de penser à autre chose. Je m'oblige à lire les faits divers inscrits à l'endos de l'enveloppe de gruau. L'auteur a dû manquer d'inspiration, ils sont risibles.

La voix du père d'Antoine me fait sursauter :

— J'ai sorti le canot du garage. Vous irez faire un tour, tous les trois.

Antoine et moi n'avons pas le droit de coucher dans la même chambre, mais nous avons droit au canotage. Droit à la parole, droit à la lecture, droit au canotage. En voilà un que les adultes ne nous enlèveront jamais.

— Merci.

Je me lève, je jette l'enveloppe de gruau dans le poêle et la regarde se désintégrer dans les flammes. Le feu la dévore sans l'avoir lue, sans se soucier de ce qui est écrit, sans jugement. Le feu ne discrimine pas.

La chaleur montant en bouffées, je recule d'un pas en fermant la petite porte du poêle. Devrais-je courir après Antoine et Nadine ? Non, ne pas laisser transparaître mon inquiétude. Faire couler l'eau dans le bassin, rincer le bol.

Au moment où je m'étire pour le replacer dans l'armoire, Nadine entre dans la cuisine et s'effondre dans une chaise.

— Le lac est superbe ! dit-elle.

Je me retourne lentement, pesant mes mots :

— Êtes-vous allés vous baigner ?

— Non, l'eau était trop froide. On s'est promenés, on a suivi la piste qui longe le lac.

— Ah.

— C'est dommage que tu dormais, tu aurais aimé ça.

— Je suis venue ici souvent, j'ai déjà fait le trajet.

Nadine tire une mèche de ses cheveux et la fait tourner entre deux doigts. Je brûle d'envie de lui demander de cracher tous les détails : comment longtemps ils se sont promenés, ce qu'ils ont vu, ce dont ils ont parlé. Au lieu, je lui demande :

— Où est Antoine ?

— Il est parti chercher d'autre bois.

— Ah.

Le père d'Antoine apparaît devant nous et informe Nadine qu'il a sorti le canot du garage. Nadine pousse une exclamation et tape des mains comme une enfant. Sa réaction surprend le père, il ne sait pas où se mettre. Il enlève sa casquette, passe les doigts à travers ses cheveux bruns qui tirent sur le gris. Le charme de Nadine touche même les adultes. Elle le sait, elle fonce vers l'avant en battant des paupières :

— Vous avez fait ça pour nous ?

Elle est bien élevée, elle vouvoie les adultes. Ce doit être une habitude montréalaise. Ici, les jeunes ne vouvoient même pas leurs grands-mères. Le père est gêné, il ne sait pas quoi faire devant une fille qui parle au pluriel. Il dit :

— Je vais aller aider Antoine !

et il se sauve en oubliant d'enlever ses lunettes et de déposer son journal.

Nadine passe sa langue sur ses dents de devant, l'air satisfaite. Charmer le monde entier, voilà la mission secrète de mon amie. Il ne faut pas lui en vouloir. Le charme fait partie de son empreinte génétique, ce n'est pas de sa faute, c'est inscrit dans ses chromosomes.

Elle se lève et se met à arpenter le salon, traçant du regard les livres empilés sur les étagères. Son doigt effleure chaque titre qu'elle lit, comme pour les graver dans sa peau. Elle me lance ceux qui l'impressionnent : *Encyclopédie des champignons*, *le Grand Livre des oiseaux*, *Constellations du ciel*.

— Le père d'Antoine doit connaître un tas de choses, s'exclame-t-elle.

Sur une des étagères, elle trouve un bout de papier et un stylo et griffonne le titre des ouvrages qu'elle croit dignes de lecture. Je la regarde faire. Une fois le salon parcouru, elle s'assoit dans l'escalier et, la tête penchée, consulte les livres rangés dans le mur. Cesse d'écrire, Nadine. Dessine-moi un mouton.

— C'est génial, dit-elle, cette idée d'avoir construit des étagères dans le mur.

Elle s'étire, empoche le bout de papier et plante le stylo derrière son oreille. Elle le mordait, elle a du noir sur les lèvres. Ma main monte à ma bouche, comme si le stylo avait taché mes lèvres à moi. Mauvaise habitude ; je ne devrais pas m'approprier les ennuis des autres. Je descends la main et relève la tête pour dire à Nadine de s'essuyer la bouche. Derrière elle, une araignée court sur le mur de la cuisine.

— Passe-moi l'encyclopédie, dis-je.

— Laquelle ?

— N'importe laquelle.

Elle étend la main et en choisit une de grand format, qu'elle me tend avec un sourire noir. Je me hausse sur ma chaise aux pattes incertaines. Je mesure la distance qui me sépare du poêle à bois et je conclus que si Antoine arrivait en ce moment, le claquement de la porte ferait casser les pattes de ma chaise et je tomberais sur le poêle.

Sans respirer, je lève les bras et je martèle l'encyclopédie. Une, deux, trois fois. Le corps de l'araignée laisse une empreinte sur le mur, mais ça ne fait rien. C'est un chalet. J'agite le livre en l'air, clamant ma victoire, puis je redescends.

— Bravo! crie Nadine. J'aurais cru que tu serais du type à attraper les araignées et à les libérer par la fenêtre.

— C'est ce que je fais d'habitude, mais celle-là était trop grosse, elle me déplaisait.

Et je voulais t'impressionner. J'aime tes bravos.

Nadine m'observe alors que j'essuie l'encyclopédie à l'aide d'un mouchoir puis l'enfonce dans l'étagère. Elle quitte la pièce, monte l'escalier. Ses pas martèlent le plancher au-dessus de ma tête.

— Que fais-tu, Nadine?

— Attends une minute!

Elle dégringole l'escalier et me jette mon maillot de bain.

— L'eau sera assez chaude, bientôt.

Nous nous cachons tour à tour dans la salle de bains et enfilons nos maillots sous nos vêtements. Nadine a raison; la journée se réchauffe déjà. Au moment où je sors de la salle de bains, mon amie traverse le salon et s'appuie le menton contre la fenêtre de la cuisine.

— Les hommes vont mettre le canot à l'eau, dit-elle en franchissant la porte.

Je la rejoins. Dehors, Antoine et son père hissent l'embarcation sur leurs genoux puis la font culbuter en l'air et atterrir sur leurs épaules. Allez hop!, les hommes, suivez-moi! Je descends la colline menant au lac, je crie: Grosse roche!, ou: Virage à droite! aux moments appropriés. On ne voit pas grand-chose quand on a la tête clouée au fond d'un canot.

Ils le déposent près du quai.

— Je reviens avec les rames et les gilets de sauve-tage, dit Antoine, et il part à la course.

Nadine s'assoit sur le quai, enlève ses espadrilles et roule ses bas sales en boules qu'elle dépose à côté d'elle. Le vent les fait tourner un peu, il veut les envoyer dans le lac, ce serait un suicide assisté. Nadine n'a aucune conscience du projet d'émancipation de ses bas. Elle trempe un bout d'orteil dans l'eau et fris-sonne. Je l'imite. Si l'eau n'était pas aussi froide, je courrais jusqu'au bout de quai et m'élancerais dans l'air en me pinçant le nez.

Nous sommes écrasées entre le lac et le ciel. Le ciel est là-haut, le lac est là-bas, ciel et lac s'étirent jusqu'à leur bout de l'infini. Seulement, ils ne sont pas infinis. Ils finissent ici, entre mes orteils. La plante de mon pied touche à l'univers qui se perd sous la surface, les poils de mon orteil remuent dans le vent du ciel. Les univers se rencontrent à mon pied.

À l'arrivée d'Antoine, Nadine redresse ses épaules et enfile ses bas, qui ont décidé de ne pas opter pour le suicide. En laçant ses espadrilles, elle fait un aveu qui nous assomme:

— Je n'ai jamais fait de canot.

Antoine la regarde, incrédule. Je sais ce qu'il pense:

Cette fille a atteint l'adolescence sans avoir appris à faire du canot. Inconcevable.

— Tu n'as jamais mis les pieds dans un canot?

— Non.

— Tu n'as jamais tenu une rame?

— Jamais, mais j'apprends vite.

Je prends ma place habituelle, en proue. Antoine s'installera en arrière et Nadine au milieu. Elle voudrait ramer, on le sent même si elle ne dit rien. Antoine et moi plongeons nos rames dans l'eau. Le canot glisse sur le lac comme sur un plancher ciré. Nous filons.

Au bout d'un moment, le canot modère son allure. Je me penche sur ma rame et pousse de toutes mes forces, en vain. Je navigue dans un pot de colle.

Un coup d'œil rapide me révèle que Nadine laisse traîner sa main dans l'eau. Faux pas, Nadine. Faut pas faire ça. Ça nous ralentit. Antoine doit mordre sa lèvre pour s'empêcher de hurler contre elle. Tremper sa main dans l'eau, sacrilège! J'aimerais voir l'expression de mon ami. Pour une fois, Nadine est le contraire de charmante. Est-ce possible?

La tournée en canot devient un tour de force; les coups de rame d'Antoine s'intensifient pour combattre la résistance causée par la main de Nadine. C'est beaucoup mieux quand on est seuls, n'est-ce pas, Antoine?

— Nous arrêterons à l'île en face de nous, dit-il au bout de quelque temps.

Je suis surprise; nous nous rendons habituellement beaucoup plus loin, jusqu'à la petite île de l'autre côté du tournant. Il doit être irrité. Je tourne la tête et ce que je vois me fait perdre le souffle: Nadine, évachée sur Antoine.

Quasiment. Elle s'assoit sur ses orteils. Si elle reculait d'un brin, sa tête reposerait contre les genoux de mon ami. Antoine paraît si mal à l'aise, coincé entre Nadine et le derrière du canot, que j'ai envie de rire. Nadine, elle, me regarde en toute innocence. Elle a dû remarquer mon expression bizarre.

— Qu'est-ce qu'il y a?

Je retire ma rame de l'eau, la dépose sur mes genoux. Quelques gouttes d'eau dégoulinent et frappent la surface du lac.

— Rien. Tu étais censée t'asseoir au milieu, c'est tout.

Elle aperçoit les deux barres qui délimitent le siège du milieu et — mon doux, est-ce possible? — le rouge lui monte aux joues.

— Je ne savais pas. C'est que... Ben, c'est que je ne savais pas. Je n'ai jamais fait de canot.

Dit-elle la vérité, ou voulait-elle simplement s'approcher d'Antoine? Je la scrute avec sévérité, essayant de déceler ses arrière-pensées. Inutile. Si les pensées de Nadine sont dissimulées, enfouies loin sous sa peau, ses arrière-pensées frôlent l'invisibilité. Il faudrait une loupe gigantesque pour les discerner.

Ma sévérité s'efface. Nadine paraît tellement angélique, recroquevillée là, toute honteuse, que je n'ai même pas le goût de mépriser son désir d'être près d'Antoine. Tentant de regagner sa dignité, elle agrippe la barre devant elle et allonge le pied pour s'installer au milieu. Elle commence à se lever.

— Non! crions-nous, Antoine et moi, au même moment.

Secouée, elle se rassoit.

— On ne se lève jamais dans un canot, dis-je d'une voix douce.

On ne se lève pas dans le canot, on ne se baigne pas lors des tempêtes, on ne fait pas pipi dans le lac. Les règles d'or, apprises en bas âge.

— Ah. D'accord.

Nos rames s'enfoncent de nouveau dans l'eau et le canot recommence à avancer. Un silence pénible s'installe, tangible comme une quatrième personne qui n'aurait pas été invitée. Que Nadine ait perdu la face est insoutenable. Qu'elle soit humaine, désenchantant. Nous le savons tous les trois. Nous la voulons plus que mortelle. Elle devrait échapper aux erreurs, échapper au temps même, au passé et au futur, Nadine la plus que parfaite.

J'en ai assez de ce silence. Heureusement, j'ai le vent en poupe et je jette l'intrus par-dessus bord. J'enfonce la rame dans l'eau, je la fais courber et je la remonte vers moi d'un geste rapide. Une vague d'eau s'arque dans le ciel et tombe, flac!, en plein sur les épaules de Nadine et les jambes d'Antoine. Deux rires soulagés éclatent dans l'air. Ce sont des rires que j'adore, des rires adorables. Antoine plie sa rame dans l'eau, menaçant de m'éclabousser.

— Hé hé! crie-t-il, si tu joues avec le feu, tu te feras brûler!

— Si tu joues avec l'eau, tu te feras arroser! ajoute Nadine.

— Non, non, c'est assez! Regardez, on arrive.

Pas de farce. Quelques coups de rame plus tard, le canot se faufile en douceur entre deux roches. Je saute sur l'île et je tiens le canot entre mes genoux pour le stabiliser. Nadine avance d'un pas hésitant et pousse un soupir en sautant sur le roc. Puis, elle me regarde en souriant. La terre ferme lui a redonné sa dignité. Elle est passée du soupir au sourire ; elle était sous le pire, elle est maintenant sous le rire. Elle se plante les mains sur les hanches, parcourt les environs du regard et déclare :

— On se baigne !

Ce n'est pas une question ; c'est une affirmation. D'un geste sûr, Nadine envoie promener ses shorts, son tee-shirt, ses sandales et saute dans le lac. Je reste debout sur une roche gluante, j'hésite. Mon courage s'est sauvé à toutes jambes. Où est-il parti, comment le retrouver ? Le lac est glaçant. Mes pieds paraissent blancs sous l'eau, ma réflexion danse sur la surface miroitante. Je m'immerge par étapes : éclabousser mes épaules, mon visage, m'asseoir sur la roche et sacrifier mes jambes au lac. Autant entrer dans un congélateur.

— Viens, Martine ! L'eau n'est pas si froide que ça !

Antoine nage sur le dos, face au ciel. Il ment, il dirait n'importe quoi pour que je saute dans l'eau. C'est toujours comme ça.

Quand je me lance enfin dans le lac, Nadine en sort. Elle devrait avoir l'air d'un chien mouillé, mais elle ressemble plutôt à une sirène. Elle encercle ses cheveux noirs de ses deux mains et les tord. Elle fait pleuvoir le lac de ses cheveux, il tombe goutte à goutte sur ses orteils.

Je me submerge et, c'est plus fort que moi, j'écarte les paupières. Avoir froid aux yeux, c'est décidément une sensation étrange. C'est comme se promener avec des cubes de glace sur les paupières un jour d'hiver.

Je me dis d'être audacieuse et de ne pas avoir froid aux yeux, mais cela n'a pas d'effet. Je décide donc que je peux être audacieuse tout en ayant froid aux yeux parce qu'une chose n'empêche pas l'autre. En tout cas, garder les yeux ouverts sous cette eau, ça prend de l'audace.

Quand on ouvre les yeux sous l'eau, chaque fois on s'attend à voir quelque chose, chaque fois on est déçu. On ne voit que de l'eau boueuse. Je cligne des paupières et regarde les bulles s'échapper de ma bouche, comme une naufragée qui envisagerait sa mort. Je ne veux pas mourir.

Ma tête brise la surface et j'aperçois Antoine à un mètre de moi. D'un élan discret, je redescends dans l'univers brouillé, puis je tranche l'eau de coups rigoureux. Les jambes d'Antoine surgissent devant moi, se pliant et se dépliant en mouvements de grenouille. Victoire! J'attrape son talon dans ma main droite et monte en riant, avalant une gorgée d'eau.

Antoine nage sur place. Son corps se dissimule sous la surface, on dirait une tête et un cou flottant sans corps.

— Tu m'as fait peur! s'écrie-t-il, heureux.

— Mission accomplie!

Il agite son doigt, l'air moqueur, et dit d'une voix fausse:

— Ah, la vilaine… Attends qu'on retourne sur l'île, je t'apprendrai une leçon.

— Quelle leçon?

— Tu vas voir!

Je ne verrai pas. Une fois sorti de l'eau, il oublie notre camaraderie. Il est distrait. La sirène est là, assise contre le chêne, la sirène veut qu'on lui joue dans les cheveux.

— Ils sont tout mêlés ! se lamente-t-elle. Pourrais-tu me faire une tresse ?

À qui s'adresse-t-elle, à Antoine ou à moi ? Elle nous regarde tous les deux. Antoine est paralysé.

— Je ne sais pas comment, murmure-t-il.

Ses traits s'attendrissent, il semble désolé de ne pas pouvoir lui caresser les cheveux. Il s'assoit et enfile ses espadrilles. Nadine se tourne vers moi :

— Martine ?

C'est alors que je me plante derrière elle, les roches creusant des trous dans mes genoux, et que je promène mes doigts dans ses cheveux. Épais, luisants, ils ne sont pas du tout comme les miens. Mes mains-peigne voyagent dans sa crinière, risquent de s'y perdre. Les cheveux de Nadine se tissent en tresse française presque de leur propre gré.

Antoine ne nous regarde pas. La coiffure, ça relève du domaine des filles. Il s'éloigne de nous, se met à l'ombre d'un arbre.

— Merci, Martine, me dit mon amie, encerclant le bout de sa tresse d'un élastique qu'elle traînait autour du poignet, puis cherchant Antoine du regard.

— Que fais-tu ? crie-t-elle en brossant les feuilles qui se sont collées à l'endos de ses jambes. Antoine ne répond pas. En m'approchant de lui, je remarque qu'il s'est collé l'oreille sur un peuplier.

— Chut.

— Que fais-tu ? répète Nadine, en chuchotant.

— J'écoute la sève couler dans l'arbre.

— Tu me fais marcher!

Antoine se dégage de l'arbre.

— Pas du tout. Essaie-le, tu verras.

Nadine se presse contre le tronc et ferme les yeux. Ils se rouvrent aussitôt.

— C'est vrai! Comme c'est étrange! s'exclame-t-elle en reculant d'un pas.

Sous le regard encourageant de mes deux amis, je me fonds à mon tour au peuplier. Ce que j'entends: vent dans les feuilles, éternuement de Nadine, tambourinage éclectique d'un pic au loin. Puis, soudain, une vague déferle sur mon tympan. C'est le déluge. La sève tombe à l'intérieur de l'arbre, je l'entends, je le jure. Ahurie, je pose la main sur le tronc. Tout ce qui me sépare du sang de l'arbre, c'est une mince couche d'écorce. Celle-ci suinte de la gomme sous mes doigts. Je les monte sous mon nez et j'en renifle l'odeur. Si mes amis n'étaient pas ici, je lécherais mes doigts.

Ayant partagé sa découverte, Antoine est parti à la recherche de merises.

— S'il était aussi facile de digérer les merises que de les cueillir, la vie serait parfaite! dit-il.

— Pourquoi en cueilles-tu si elles se digèrent mal? demande Nadine.

— Parce qu'elles se cueillent bien!

Il les fait glisser des branches, en suce l'amertume et en crache le noyau.

Nadine a l'air de vouloir le rejoindre, mais elle s'attarde. Antoine est parti, il ne voit pas le temps que je mets à décoller mon oreille du peuplier. Nadine, elle, le remarque. Elle me voit frémir en effleurant le tronc du bout des doigts, elle sait que je viens de trouver quelque chose que je cherchais sans le savoir. Elle le sait, et elle comprend.

Sans dire un mot, elle m'attrape le coude et nous marchons, bras dessus, bras dessous, sous la verdure des arbres.

CHAPITRE 4

— Martine! Martine!

Je me réveille en sursautant. Ce n'est pas plaisant. Je rêvais qu'un crocodile me dévorait, et le cri intensifie mon anxiété.

— Quoi? Qu'est-ce qu'il y a?

Nadine est assise au pied de mon lit, un afghan enroulé autour des épaules. Elle s'étire et ouvre les rideaux. La lumière blanche du matin s'étale dans la salle en voiles, c'est désagréable, je place un bras devant mes yeux et je pense aux crocodiles.

— Il est tard, Martine. Tu dors trop.

— Impossible. On ne peut pas trop dormir, je murmure.

— Si tu enlèves ton bras devant ta figure, tu verras une surprise.

— Je dormais si bien…

— Regarde, Martine, regarde ce que je t'ai amené.

J'ouvre les yeux et j'appuie mes coudes sur l'oreiller. Nadine, souriante, balance un plateau sur les genoux.

— Des œufs, des muffins, de la confiture, dit-elle en les montrant du doigt. Dis-moi que tu as faim.

— J'ai faim.

C'est faux, mais je ne veux pas lui enlever son soleil. Je me redresse, je cligne des yeux, elle me tend le plateau.

— Tu en veux? je lui demande, en attaquant l'omelette du bout de ma fourchette.

— Non.

Puis elle change d'avis et me vole un morceau du muffin. Elle joue avec le réveille-matin, en fait jaillir une chanson *country* que je ne connais pas. Nadine est un ange, je me dis. C'est la première fois qu'on me sert le petit-déjeuner au lit.

L'ange s'assoit sur ses mains. Ses yeux fixent le prélart. Quand elle ouvre la bouche, c'est pour effacer mon bonheur d'un trait:

— Écoute, Martine, j'ai parlé à Antoine ce matin et il a accepté de me montrer comment me servir d'un fusil.

Horreur! J'ai du mal à avaler cette nouvelle avec ma bouchée d'œuf. On dirait une arête de poisson dans mon gosier. M'a-t-elle fait une omelette au poisson? Avale, Martine. Pense à tes affaires. Antoine et Nadine seront seuls, Antoine lui posera le fusil sur l'épaule, ils s'embrasseront et reviendront au chalet main dans la main, le sac à dos plein de perdrix.

Je m'étouffe.

— Est-ce que ça va? demande Nadine, l'air inquiète.

Je jette mon regard dans le sien, prête à lancer la bataille. Je ne peux pas. Je me fonds à ses désirs, je n'ai pas de squelette, je suis une invertébrée. Je suis un morceau d'aubergine, non, un cube de tofu qui ramasse toutes les saveurs de la sauce soya mais qui ne goûte rien si on le mange tout seul.

Les yeux de Nadine brillent. Elle s'est frotté une mouche à feu sur les paupières, elle a trouvé une poudre qui fait briller les pupilles, je ne sais pas, je ne connais pas son secret, mais, je n'y peux rien, je ne peux rien faire sauf baisser la tête. Comment refuser quoi que ce soit à ces yeux brillants? ces yeux qui disent: J'ai hâte de tuer des animaux?

— Veux-tu venir avec nous?

Je dépose ma fourchette.

— Je ne sais pas.

— Le père d'Antoine y sera aussi.

Légère consolation.

— En tout cas, penses-y. Descends quand tu voudras.

Elle quitte la chambre et me laisse seule avec mon omelette. Confuse, j'observe mon muffin, auquel il manque une bouchée. Que j'aille avec eux ou non, ma journée sera affreuse. C'est dommage. J'aurais voulu rentrer chez moi avec une poignée de bons souvenirs purs, uniquement de bons souvenirs purs. Mais la vie ne fonctionne pas comme ça. Pas depuis la venue de Nadine, en tout cas. Celle-là cache trop de surprises au fond de ses yeux. Au fond de ses œufs.

J'entends des voix en bas, provenant de la cuisine. Des tasses de café qui cognent contre la table, des bottes qui martèlent le plancher. Soupirant, je rejette les couvertures et pose les pieds sur le plancher froid. Quand Antoine m'aperçoit descendre l'escalier, il m'accueille d'un «Bonjour, l'endormie!» plein d'élan. Sa journée sera loin d'être affreuse. Je dépose le plateau de Nadine sur le comptoir et je me rue sur la salle de bains. Douche chaude, déodorant, peigne passé dans les cheveux, vêtements nets. Prête pour la chasse? On verra.

Une série de cartouches sont étalées sur la table. Elles se ressemblent toutes, mais leurs piles respectives les distinguent les unes des autres. Nadine est assise bien droite, sa tête va et vient entre les balles et Antoine, qui en dicte les caractéristiques avec un air de prof savant. Le père, assis en face de Nadine, frotte son fusil. Je ne sais pas pourquoi le fusil doit être propre, mais la réponse ne m'intéresse pas assez pour que je pose la question.

Antoine arrête sa leçon et me demande:

— Puis, Martine, vas-tu venir avec nous?

La question du jour. Mon regard tombe sur Nadine, qui tourne une cartouche entre ses doigts, ses cheveux épars chatouillant la table. Elle est bien trop jolie, cette fille. Trop jolie pour être assise là, à deux pas d'Antoine. Trop jolie pour aller chasser seule avec mon seul ami. Il faut se méfier des filles jolies; c'est impossible de savoir ce qu'elles pensent, sans compter qu'elles chassent.

— J'y vais.

Les sourcils d'Antoine s'arquent en accents circonflexes; ma décision le surprend. Il m'a souvent demandé de chasser avec lui, sans succès. À un moment donné, il s'est lassé de mes réponses négatives et de mes leçons de morales hautaines et il a cessé de me demander de l'accompagner. Devine-t-il que c'est la présence de Nadine qui m'a fait changer d'avis ? Ses yeux verts ne révèlent rien, ne me disent pas s'il sait que j'ai du mal à les laisser seuls.

— Je ne toucherai pas au fusil, je déclare. J'observerai, c'est tout.

— Comme tu veux.

Antoine saisit l'arme et suit son père et Nadine, qui sont dehors. Nous empruntons le chemin raboteux qui nous ramènera au village plus tard. Nos talons font remonter de petits nuages de poussière, nos corps se penchent vers l'avant en montant la colline à pic. La sueur me dégoutte dans le dos. On ne demeure pas net longtemps, au chalet. Le mélange de poussière et de sueur prend la forme d'une deuxième peau à laquelle on vient à s'accoutumer. Après quelque temps, ce n'est même plus dégueulasse. On s'y habitue comme on s'habitue à voir du noir sous ses ongles et du sable dans son maillot de bain.

Le trajet est silencieux. Je souris en apercevant une vieille voiture abandonnée. Destination atteinte : nous sommes au dépotoir.

Ce n'est pas un dépotoir proprement dit, mais plutôt un endroit où les propriétaires des chalets environnants déchargent depuis toujours tout objet qui a fait son temps : vieux pneus, cannettes de Pepsi, chaises brisées. Devant la pile d'ordures, deux voitures rouillées sont assises en chiens de garde. Le dépotoir était un de nos terrains de jeu préférés. Enfants, Antoine et moi n'avions le droit de le visiter que sous la surveillance d'un adulte. Mais les adultes n'aiment pas le dépotoir. Cela faisait notre affaire ; nous y allions en cachette, comme des espions. De toute façon, le dépotoir était un endroit sacré, une ville exotique pleine de trésors, un rêve auquel les adultes ne croyaient pas. Comme le père Noël.

Je me mâche la lèvre en me demandant si Antoine y croit toujours. Avons-nous dépassé l'âge des aventures dans le dépotoir, Antoine? Que c'est triste. Qu'on m'empêche de grandir, j'en ai assez du monde des grands.

Soupir. Non, ce n'est pas vrai. J'adore le monde des grands, j'échangerais mille dépotoirs pour vivre les aventures qu'il me réserve. Voilà l'ultime abandon, l'ultime source de chagrin.

Aujourd'hui, nous ne fouillerons pas les voitures dans l'espoir d'y trouver des trésors. Aujourd'hui, nous tirerons sur les voitures. Ils disent que c'est amusant.

Je m'assois sur un banc façonné de deux bûches et d'un morceau de métal, et je regarde. Je regarde Antoine mettre le fusil dans les mains de Nadine, ajuster l'angle un peu, lui lancer un sourire d'encouragement. Je regarde le père qui regarde son fils sans dire un mot. Je regarde mes pieds quand Nadine appuie sur la détente. Le bruit de la cartouche qui frappe la voiture éclate dans le silence, me fait sursauter. Détonation, du verbe *détoner.* Détoner, comme tonner, comme tonnerre. Nadine vient de jeter un coup de tonnerre et elle en est fière. Elle émet un cri d'excitation et dit: «Encore!»

Je ne veux pas être ici.

Je ne veux pas être ailleurs non plus. Être ailleurs signifierait ne pas être en présence de mes deux amis et cela ne me conviendrait pas, non monsieur. Je passe donc l'après-midi assez près de mes amis pour garder un œil sur leurs activités et assez loin d'eux pour ne pas participer à leur jeu. Aux environs du dépotoir, je ramasse de l'herbe aromatique que j'empile à côté de mon banc. J'en ferai des tresses ; c'est à mon tour d'être amérindienne. Mon père m'a enseigné comment faire, il y a très longtemps. Remarques-tu une odeur sucrée dans l'air ? Elle vient de cette plante-là, Martine. Encercle la tige des deux mains et tire-la de toutes tes forces. Oui, il faut la déraciner. Enlève les petites pousses blanches, conserve les tiges les plus longues. Fais-en des nattes, comme la tresse dans tes cheveux. Ça fera un beau cadeau pour maman.

Je fais trois tresses pendant que Nadine apprend à se servir du fusil. Elle remarque mon va-et-vient, mais se concentre sur les bouteilles que le père a érigées pour ses exercices de tir à la cible. Les coups de tonnerre retentissent. Nadine ne cède son arme ni à Antoine ni au père. Elle s'est trouvé une nouvelle passion. Au bout d'une heure, Antoine suggère de prendre une pause, question de se reposer un peu. C'est à ce moment que Nadine s'approche de moi en essuyant la sueur de son front.

— J'adore tenir un fusil ! dit-elle d'une voix animée.

Je ne réponds pas. J'attends qu'elle aperçoive l'œuvre d'art que j'ai fabriquée pendant qu'elle apprenait à manier son outil de massacre.

— Ah, des tresses d'herbe ! Qu'elles sont belles !

Elle en ramasse une, s'assoit à côté de moi et monte la tresse à son nez.

— J'ai toujours voulu apprendre à en faire. Tu me montreras, plus tard ?

— Oui, si tu veux.

Elle agite la tresse.

— Regarde, Antoine! Martine a fait des tresses!

Antoine s'avance vers nous et jette un coup d'œil à l'herbe nattée. Il m'a déjà vue en faire, mes tresses l'intéressent autant qu'un tas de branches mortes. En fait, les branches l'impressionneraient plus que mes tresses; elles peuvent être utiles, elles. On peut en faire du feu, des cannes, des croix pour le cimetière des animaux.

— Ah, oui. C'est beau.

— Puis, avez-vous fini de jouer avec le fusil?

Antoine paraît offusqué.

— On ne joue pas avec un fusil, Martine. C'est une arme.

— Je le sais bien. C'est un morceau de métal construit pour tuer.

— Exactement, rétorque Antoine avant de tomber muet.

Le regard de Nadine fait la navette entre lui et moi. Elle met un temps avant de dire:

— Sais-tu, Antoine, je pense que j'en ai eu assez pour aujourd'hui. Je suis un peu fatiguée. On devrait peut-être retourner au chalet... Qu'en penses-tu?

Antoine hausse les épaules, nous tourne le dos et rejoint son père. Ils échangent quelques mots et nous reviennent.

— Allons-y, dit mon ami.

Une légère irritation s'inscrit sur ses traits. Ses leçons ont été écourtées à cause de moi. Il s'est enfin trouvé une disciple intéressée, douée même, mais n'a pas pu lui enseigner tout jusqu'au bout. Il marche devant nous sans se retourner.

Heureusement, sa rancune s'estompe au chalet. Il range le fusil et sort le maïs.

— Avez-vous faim ? demande-t-il.

— Oui !

Rien comme la nourriture pour apaiser les malheurs.

Après le souper, Nadine et moi débarrassons la table et faisons la vaisselle alors que les hommes s'étendent sur le sofa, comme dans le bon vieux temps. Nous passons la soirée à jouer aux cartes. Étonnement, le père d'Antoine accepte de participer. Il s'assoit à la table avec un verre de rhum et distribue les cartes. Une chance ; sans lui, nous ne pourrions pas jouer en partenaires. Nous serions obligés de jouer à la pêche ou de faire des châteaux de cartes.

Seconde surprise : Nadine me choisit comme partenaire. Je suis son alliée, sa complice. Nous finirons victorieuses, pouvoir aux filles !

Nous aurions dû élaborer un système de signes secrets avant de jouer : Je touche mon oreille, tu cèdes ta carte la plus forte. Je n'arrive pas à lire Nadine. Elle ne me donne rien, rien. On dirait qu'elle joue seule. Elle ne comprend pas que, pour gagner, elle doit laisser tomber son visage de fer. Mais entrée interdite, même pour sa complice.

Nous perdons la joute.

— Pouvoir aux hommes ! crie Antoine en jetant ses cartes sur la table.

Nadine fait passer ses cheveux par-dessus son épaule.

— Tu penses ?

— Qui a gagné la joute, les gars ou les filles ?

— Les gars. Mais qui a appris le plus, les gagnants ou les perdants ?

Antoine paraît désarçonné.

— Je ne sais pas.

— Parfois, on apprend plus en perdant qu'en gagnant.

Le père d'Antoine fait tourner la glace dans son verre, courbe les épaules et fixe Nadine du regard. Les mots sortent de sa bouche sur la pointe des pieds :

— Dis-nous, Nadine, qu'as-tu appris ?

La question tranche l'air qui les sépare. Le défi est lancé et Nadine le sent. Elle se lèche les lèvres. Elle prend son temps, pèse la question, lui donne toute son importance. Il est évident qu'elle adore les défis. Elle se penche à son tour, puis répond sans crainte :

— J'ai appris deux choses. *Primo,* qu'il faut apprendre à être perdant parce que la vie est un jeu qui se gagne et se perd selon les coups de dés. *Secundo,* que les gagnants ressentent souvent une certaine supériorité face aux perdants et que cette supériorité peut être plus nuisible qu'utile.

Ainsi parla Nadine. Elle appuie son dos contre sa chaise, un léger sourire se dessinant sur ses lèvres. Je suis sidérée. Inutile d'essayer de la comprendre ; elle surpassera toujours mes attentes, elle ne se laissera jamais délimiter. Chaque fois que je crois avoir compris qui est cette fille, elle me glisse entre les mains comme un serpent gluant.

Je la regarde en coin, me demandant si elle a planifié de perdre le jeu pour nous séduire avec son éloquence. Que dis-je ? Nadine ne ferait pas cela. Nadine a le don de bien parler, c'est tout. Les mots se transforment en gouttes de miel dans sa bouche.

Le père d'Antoine ne dit rien, mais la lueur dans ses

yeux révèle qu'il est satisfait de la réponse de Nadine. Il se hisse debout et remplit son verre de rhum. Antoine, lui, n'est pas enchanté.

— Les gagnants ne se sentent pas toujours supérieurs, dit-il d'un ton blessé.

— Pouvoir aux hommes? rétorque Nadine.

Antoine ne répond pas. Son père avale le contenu de son verre en un trait et fait une grimace.

— Elle a raison, Antoine.

Il enlève sa casquette Shell et s'incline vers Nadine.

— Bonsoir, mesdemoiselles, dit-il, la tête baissée.

Il n'aurait pas dû employer le pluriel; il ne s'adresse qu'à elle. Écho au vouvoiement de Nadine: il donne l'impression de parler à deux personnes, mais ses paroles ne sont destinées qu'à une seule.

Nadine s'esclaffe, charmée.

— Bonsoir, monsieur.

Une fois le père parti, elle dit à Antoine:

— Ton père est très bien, tu sais.

Il enfonce les cartes dans leur boîte et s'étire.

— Il semble t'apprécier.

Ce qu'il n'a pas dit, ce qu'il a laissé pendre dans le vide, c'est: Il semble t'apprécier plus que Martine.

Oublions ça. Je n'ai pas besoin de l'estime du père d'Antoine. En évoquant l'expression d'Antoine au moment où Nadine l'a accusé d'être supérieur, je me dis que la soirée a pris un drôle de tournant. En un sens, Nadine et le père sont les vainqueurs; ils se sont accrochés à leur dignité, tandis qu'Antoine et moi avons été réduits à des grains de poussière. Nous sommes les vrais perdants, Antoine et moi. Cela ne me déplaît pas.

— Es-tu fatiguée, Martine ? me demande mon ami en se levant.

Le plancher craque sous son poids.

— Fatiguée de jouer aux cartes !

Antoine me lance un sourire complice. Il me comprend. Nous partageons le même sort, ce soir. Nous avons tous deux été exclus du vrai jeu de forces. Je ne suis pas Nadine, je ne m'exprime pas en discours. À côté d'elle, je frôlerai toujours l'invisibilité, la médiocrité. Antoine le voit. Son regard s'attache au mien et ne lâche pas prise. Mon cœur accélère, je ne peux pas m'empêcher de sourire. Il incline la tête, ne s'adresse qu'à moi :

— Bonsoir, Martine.

— Bonne nuit.

Puis il tourne les talons et quitte la pièce sans saluer Nadine.

Dignité regagnée. Bien joué, Antoine.

❖

Un tout autre état d'esprit s'installe le lendemain. Notre départ nous a rendus nostalgiques. Ou, plus précisément, notre départ m'a rendue nostalgique. Antoine et Nadine semblent de bonne humeur.

Le brin de tristesse fait son apparition quand le moteur se met à gronder. Le chalet devient de plus en plus petit, puis disparaît. Tellement de souvenirs sont logés dans les fentes de ce chalet. Souvenirs d'enfance avec Antoine, et maintenant, souvenirs d'adolescence avec Nadine. Est-ce que j'y retournerai l'an prochain ? Serai-je ici ou ailleurs ? Je regarde vers l'avenir et ne vois rien qu'un grand trou. C'est déroutant. On fonce en tenant devant soi une lumière qui éclaire à mesure, mais on fonce toujours dans le vide. Ou peut-être que je me trompe, peut-être qu'il ne s'agit pas du tout d'un vide. Peut-être que l'avenir est une pièce sombre et que la lumière ne fait que mettre en évidence ce qui était déjà là.

Au sein de ces pensées accablantes, une question inquiétante fait surface : Pour faire face à l'avenir, est-ce qu'on doit tourner le dos au passé ?

Aucune idée.

Je me demande si les autres jeunes ont de telles réflexions. À l'exception de Nadine, j'en doute. Je crois plutôt que je suis bizarre. Tu es unique, ma fille, disait autrefois ma mère. Je suis ta fille unique, répondais-je, ce qui déclenchait un rire sans bornes. Les rires de ma mère étaient plus forts et plus fréquents quand j'étais jeune. Le départ de mon père a sucé l'énergie de ma mère jusqu'à la moelle.

— Regarde, Martine ! s'écrie Nadine.

À l'aide de l'élastique qu'elle portait dans ses cheveux, elle a attaché une des tresses d'herbe de façon à en faire une couronne. La couronne repose sur la tête d'Antoine. Les cheveux blonds de mon ami virevoltent dans le vent, et la couronne s'envolerait elle aussi s'il ne la tenait pas en place. Je suis désolée de voir qu'il la tient sans embarras, comme si c'était tout à fait normal pour un garçon de porter une couronne.

— Elle est belle ! dit-il à Nadine.

Je me tords les mains. C'est moi qui ai fait cette tresse, Antoine ! Pas Nadine, moi ! Tu te souviens de moi ? Mon regard tente d'accrocher Nadine, mais elle l'esquive. Elle ne dit rien, ne souligne pas l'erreur. Son silence est révélateur. Son silence déclare : Je m'attribue le mérite de cette tresse.

Je me morfonds dans ma colère et jure de n'adresser la parole ni à l'un ni à l'autre des deux traîtres. Promesse dérisoire, puisque le vent nous bouche les oreilles et nous enlève le droit de parole. Mon irritation passe donc inaperçue.

Au bout de quelque temps, le bras d'Antoine se fatigue et il enlève l'auréole que lui a donnée l'ange déchu. Il caresse son cadeau puis le place sur son genou, où il reste pendant tout le trajet. J'ai le goût d'agiter les autres tresses que j'ai faites pour lui débloquer la mémoire, mais je ne peux pas. Ce ne serait pas gentil de ma part. D'ailleurs, elles sont hors d'atteinte, dans un sac enterré sous une couverture à côté de Nadine.

Quand le camion s'arrête enfin chez moi, je suis de très mauvaise humeur. Je ne remercie ni Antoine ni son père de leur accueil. Je suis mal élevée, moi. Ce n'est pas de ma faute. Mes actions sont dictées par la colère.

Le pire, c'est qu'Antoine ne le remarque même pas. Il me dit au revoir sans me regarder, sans non plus attendre une réponse. Se lève. Agrippe la couronne qui est tombée sur son pied. Prend ma place à côté de Nadine.

Prend ma place. Ma place à moi.

En claquant la porte d'entrée derrière moi, je me rends compte que je n'ai presque pas vu Antoine tout au long de notre séjour ensemble. Nous nous sommes côtoyés, nous avons échangé quelques mots, mais c'est tout. Aucune longue conversation en regardant le coucher du soleil. Aucune évocation des souvenirs d'enfance. Finis les Tu-te-rappelles-quand-on-mangeait-des-vers-de-terre-Antoine?

Je me suis trompée; le serpent gluant qui se tortille entre mes mains, ce n'est pas Nadine. C'est Antoine.

Il glisse, il glisse, il glissera trop loin.

Chapitre 5

Voilà, je me suis mise à écrire dans ma tête. Pas capable de lâcher la plume invisible. Comment ne pas écrire ce qui m'envahit en ce moment, assise à deux miettes de Nadine ?

C'est intemporel. C'est impossible.

C'est Thelonius Monk.

> Je veux é-
> crire des vers
> comme Monk joue sur s-
> on piano…

Je fais des vers sans le savoir. Si j'en fais d'autres, ce n'est pas de ma faute. Je devrais le mettre sur papier, mon poème, demander une vraie plume à Nadine, mais je n'ose pas la déranger. On dirait qu'elle essaie d'avaler la musique de tout son corps : elle se berce, les yeux fermés, vers l'avant, vers l'arrière, vers l'avant. Mouvement hypnotisant. Moi, j'aurais l'air bête à faire ça, mais Nadine paraît tout à fait à l'aise. Elle me distrait, je commence à oublier mon poème. En voilà un autre qui dormira pour toujours au fin fond de mon crâne.

Tiens, mes doigts se sont mis à gigoter sur le couvre-pieds sans que je m'en rende compte. C'est instinctif. Est-ce que le jazz est instinctif?

— Bien sûr.

Je sursaute. Soit j'ai parlé sans m'en apercevoir, soit Nadine s'est glissée dans ma tête. Je devrais me méfier de ce qui me passe entre les deux oreilles. Mon visage est-il transparent? Laisse-t-il paraître mes pensées? Je scrute cette fille devant moi, je veux deviner ses pensées à elle, mais son visage est impassible. Une feuille de papier blanc sur laquelle on pourrait écrire n'importe quoi. En remarquant mon regard investigateur, elle sourit légèrement, puis poursuit :

— Mais n'essaie pas de le décrire. Déchiqueter le jazz, c'est le réduire à son squelette. C'est passer à côté de sa raison d'être.

Elle parle comme si elle avait vécu cent ans.

Off Minor éclate dans la salle et se faufile en moi, me faisant vibrer comme les cordes du piano. Le jazz est énorme, il me dépasse. Je suis sûre que Nadine serait d'accord. C'est épeurant, je commence à penser comme elle. Tellement de choses à voir! à faire! Le monde est immense, je suis toute petite. Et le temps court après moi en me mordant les chevilles. Je devrais écrire un livre sur ça. *La Minusculité de l'être humain*, qu'il s'intitulerait.

Je mourrai avant d'avoir entendu assez de jazz.

Et Antoine, que penserait-il de cette musique? Pas sûre qu'il aimerait ça. Pas sûre que je vais lui en parler.

Nadine se tourne vers moi et, la tête appuyée contre la main, me demande :

— À quoi penses-tu ?

Ne pas mentionner Antoine.

— Je pense au jazz. À son pouvoir.

Elle comprend.

— C'est mon père qui m'a donné cet album-là. Il a dit : Écoute-le dix fois et tu ne verras plus le monde de la même façon. Il avait raison.

Le père ! Monsieur Montréal, monsieur Asphalte. L'Asphaltien. Il deviendra peut-être ma sortie de secours ; si on finit par y aller, à Montréal, ce sera sans doute chez lui qu'on va rester.

Plan d'action : On va à Montréal, le père n'a pas le courage de me flanquer dehors, puis pouf ! le tour est joué. Je me trouve un emploi dans un resto, je me plaque un sourire sur le visage et je sers du café à des clients pressés. Facile. Je deviendrai asphaltienne en criant : Jack !

— Mon père est poète, dit Nadine.

Elle se lève, disparaît dans la cuisine et revient quelques instants plus tard avec une cigarette au bec et trois bouquins dans le creux du bras.

L'homme en noir et blanc couché à l'endos des livres me fixe droit dans les yeux. Une grâce séductrice émane de son visage. Il me paraît trop jeune pour être le père de Nadine.

Sous le regard de ma camarade, je me mets à feuilleter un des recueils. Les mots se jettent sur moi. Des mots impudiques qui feraient pleurer toutes les grands-mères du village : Chemisier trempé de sueur / seins gonflés de jus d'orange... Mes mains sont moites, j'ai chaud partout. Je ne sais pas du tout comment réagir. Je dépose le livre sur le tapis en faisant oui de la tête, pour ne pas sembler dingue.

— Il m'a écrit trois lettres depuis qu'on a déménagé, dit-elle. Maman les trouve toujours avant moi, puis elle les ouvre et les lit même si c'est à moi qu'elles sont adressées. Elle est masochiste, ma mère. Le pire, c'est que mon père le sait. Je pense qu'il les écrit seulement pour la rendre jalouse.

— Pourquoi dis-tu ça?

Nadine se penche vers moi. Elle tire une longue bouffée de sa cigarette. La fumée se transforme en arabesque entre nous.

— À cause de ce qu'il écrit. Il dit qu'il n'a jamais été aussi heureux. Qu'il a enfin trouvé sa muse, une beauté espagnole qui passe ses journées à poser pour des artistes.

Mon regard tombe sur la pile de livres à mes pieds. Le père de Nadine me fixe toujours, me lance son sourire figé. Viens, je te gonflerai les seins de jus d'orange.

Ce n'est pas un père.

Où habite-t-il encore? Montréal, Montréal. Sortie de secours. Je prends une grande respiration.

— Est-ce que tu penses aller le voir bientôt?

La question reste suspendue entre nous. Nadine bâille, notre conversation l'ennuie.

— Je ne sais pas. Pas tout de suite.

Mon cœur tombe jusqu'au fond de mes sandales. Pourquoi, Nadine, pourquoi ne veux-tu pas retourner à Montréal?

Elle ajoute, après coup:

— Mais toi, tu devrais y aller.

Je reste bête. Aller chez son père sans elle?

— À Montréal, précise-t-elle. Tu devrais te rendre à Montréal. Il faut oser dans la vie, sinon on se fait dévorer par la platitude.

Oui, mais quelque chose cloche. Si Nadine voulait vraiment échapper à la platitude, elle ne resterait pas ici, dans le village le plus plate au monde. Elle devrait vouloir partir comme moi. Me cache-t-elle quelque chose? Veut-elle rester ici parce qu'elle est éprise d'Antoine? Cette pensée me coupe le souffle. Méfiante, je sonde le terrain :

— En tout cas, tu ne vas pas trouver un endroit plus banal que ce village-ci.

Défends-toi, Nadine. Dis-moi que tu veux rester ici pour connaître la campagne, te promener dans les champs, apprendre à faire de l'équitation. N'importe quoi.

Elle hausse les épaules, ne dit rien. Ne dit rien! Ne fait aucun effort pour s'expliquer. Antoine-et-Nadine, Antoine-et-Nadine. Non, il ne faut pas, il ne faut pas!

J'ai le cœur dans la gorge. J'ai le goût de vomir. Nadine bâille encore une fois et son corps s'écrase dans les plis du sofa. Alors que, certaine qu'elle fait semblant de s'endormir pour ne pas avoir à me parler, je la vois s'enfoncer de plus en plus profondément dans les coussins, le bruit d'une voiture se fait entendre. Aucune réaction de sa part. Quelques instants plus tard, une femme aux cheveux ébouriffés franchit la porte, le dos courbé sous le poids des sacs qu'elle transporte. Je bondis sur mes pieds et m'avance pour lui donner un coup de main.

— Tiens, tiens, Nadine s'est trouvé une amie, dit la mère en me tendant deux sacs. Comment t'appelles-tu ?

— Martine.

— Moi, c'est Suzanne.

Elle me fait un clin d'œil et se dirige vers la cuisine.

— Tu pourrais ben suivre son exemple ! lance-t-elle à sa fille, qui a toujours les yeux fermés.

Dans la cuisine comme dans le salon, le désordre règne. L'évier déborde de tasses sales. Le robinet verse une larme toutes les cinq secondes. Des sachets contenant des herbes douteuses et des bocaux remplis de grains et de légumineuses encombrent le comptoir, si bien que la mère doit les balayer du bras pour déposer ses sacs d'épicerie.

— Veux-tu un café ? me demande-t-elle.

Je me trouve à acquiescer de la tête. D'un tiroir, elle fait apparaître un élastique, qu'elle tient entre ses dents en tressant ses longs cheveux frisés.

Impossible : j'ai rencontré quelqu'un d'aussi fascinant que Nadine. En la dévisageant, je pense : La mère de Nadine est un point d'exclamation. Autant le père n'est pas un vrai père, autant la mère n'est pas une vraie mère. Les mères ne flottent pas dans des blouses décolletées et des jupes qui traînent par terre, elles ne disent pas des choses comme : Si tu trouves l'homme de tes rêves, ne l'épouse pas avant d'avoir couché avec lui.

Quoi ?

— La seule façon de connaître quelqu'un à fond, explique-t-elle, c'est de le connaître sous les draps.

Sa logique me fait tourner la tête. Après avoir réfléchi quelques instants, je hasarde :

— Dans ce cas-là, je ne connais personne.

Ma remarque lui plaît énormément. Elle s'esclaffe d'un gros rire qui traverse tout son corps. Elle s'appuie contre le comptoir, écrasant un bout de pain sous la paume de sa main.

— Oh, ma chère, dit-elle affectueusement, j'avais besoin de ça.

Du revers de la main, elle s'essuie le front. Que son geste se fige là. Qu'elle s'immobilise comme ça, qu'elle pose pour moi comme le fait sa rivale espagnole pour des artistes à Montréal. Je la peindrai, cette muse devant moi. J'intitulerai le tableau *Femme qui se pâme.*

Suzanne exhale la sensualité. Ses gestes, sa bouche, la rondeur de son visage. Des yeux qui pétillent. Une poitrine dans laquelle on pourrait plonger. Oui, la mère de Nadine invite au regard. Esquissez des histoires d'amour sur sa peau, faites-la danser dans des bars sombres. Elle vous fera oublier le nom de votre femme.

Sa jupe frôle le plancher sale. Ses mains réveillent la cafetière.

— Es-tu déjà sortie du village, Martine?

— Oui, il y a quelques années. Quand j'avais six ans, on a fait un voyage en Floride. C'est vague dans ma tête. Mon père m'a acheté des oreilles Mickey Mouse; elles sont au fond d'une boîte dans le grenier.

Je viens de mentionner mon père. Je ne mentionne jamais mon père. Je pourrais en parler; Suzanne comprendrait. Elle sympathiserait.

J'ouvre la bouche, mais elle pense déjà à autre chose. Elle se tourne vers moi et me demande, à brûle-pourpoint:

— Aimerais-tu que je lise tes cartes?

Pleine de surprises, Suzanne. C'est naturel; après tout, c'est la mère de Nadine. Elle attend une réponse. Une diseuse, en chair et en os, ici au village? Je suis intriguée.

— Tu peux prédire l'avenir?

— Dans une certaine mesure. Les cartes peuvent servir de guides, de points de repère. Du sucre dans ton café?

— Oui, s'il te plaît.

Je me demande si elle va prédire mon départ du village. Mon cœur bat fort. La mère de Nadine dépose deux cafés sur la table et s'installe en face de moi. Ses paupières se ferment, elle prend une longue respiration. J'admire ses cils.

— Bon. Brasse les cartes et, avec ta main gauche, coupe le paquet en trois.

Elle me passe une pile de cartes de tarot écornées. Nerveuse, je suis ses instructions. Elle m'indique que je dois choisir un des trois paquets. Quelque chose me pousse à montrer du doigt celui de droite. Il a l'air imposant, ce paquet élu qui cache mon sort. Mon sort s'assoit sur une table tachée. Mon sort côtoie une pelure d'orange raide et une banane brune.

Suzanne prend une autre grande respiration. Je dévore son visage dans l'espoir d'y voir l'effet que produiront les cartes. Chaque carte qu'elle tourne fait naître une expression différente. Une fois dix cartes étalées sur la table, son visage est illisible.

Un long silence s'ensuit. Suzanne est absorbée par les cartes. Ça y est, elle a oublié que je suis ici. Elle est ensorcelée par le bonhomme qui se fait poignarder par dix épées. Ouache, celle-là ne me paraît pas très, très heureuse…

Suzanne se ranime. Brusquement, elle rassemble les cartes, les entasse dans leur boîte. Se lève, remet le lait dans le frigo, se rassoit. Commence à tripoter la boîte. Me regarde.

— Martine, commence-t-elle.

Elle s'arrête, puis continue. On dirait une voiture qui aurait de la misère à se mettre en marche.

— Je ne peux pas te dire ce que j'ai vu en lisant tes cartes.

Stupidement excitée, je lui demande :

— Pourquoi pas ?

Sa main s'envole pour pousser une mèche de cheveux derrière son oreille. Ses yeux brillent.

— Le tarot, c'est simple. Tu tires les cartes qui marquent ton chemin de vie. Moi, de mon côté, je peux les interpréter parce que je les ai étudiées. Le tarot, ça s'apprend. C'est pas si difficile que ça.

— OK… mais qu'as-tu vu ?

Elle ne semble pas avoir entendu ma question.

— Avec toi, c'est différent. Je n'ai pas lu les cartes à partir de ce que j'avais étudié ; je les ai lues à partir de mon intuition. En temps normal, je t'aurais dit quelque chose comme : Tu as tiré beaucoup de coupes, donc tu vas rencontrer des défis liés aux émotions, à l'amour. Mais cette fois…

Elle hésite.

— Cette fois, un tas d'images ont éclaté dans ma tête, comme des éclairs.

Elle émet un rire embarrassé en hochant la tête.

— Je sais que ce n'est pas facile à croire, tout ça, mais ce que j'ai vu, c'était…

— Quoi?

Elle s'approche de moi. Un mélange d'ail et de vanille émane de sa blouse, de sa peau. Elle pose une main moite sur mon bras.

— J'ai trop vu. J'ai vu une tranche précise de ton avenir. Écoute-moi bien, Martine. Tu vas devoir faire le choix le plus pénible de ta vie. Les cartes ne me disent pas quelle décision tu vas prendre, mais elle me disent ceci: Si tu ne t'éveilles pas à tes rêves, tu vas disparaître.

— Disparaître?

Les mains de Suzanne s'envolent dans un mouvement flou.

— Métaphoriquement.

— Ah! je dis, comme si je comprenais.

Pour m'éveiller à mes rêves, dois-je ouvrir les yeux en dormant et disparaître par métaphore… c'est-à-dire cesser d'exister, mais pas complètement? Mes idées s'entortillent.

La femme qui a vu mon avenir se lève et me dit:

— Ne me pose plus de questions. C'est la dernière fois qu'on en parle.

Elle s'étire, redevient la femme qui se pâme.

— Ouf, que je suis fatiguée! Ce qu'il me faut, c'est un autre café. En prendrais-tu un, toi aussi?

Non merci. Je souris pour rester polie, je lui dis au revoir, puis je déguerpis. En traversant le salon, c'est à peine si je remarque que Nadine dort toujours sur le sofa. Les questions trébuchent dans ma tête. Désir violent de les mettre en ordre.

La mère de Nadine a dit qu'elle a vu une tranche précise de mon avenir. Suis-je destinée à prendre le chemin qu'elle a vu ? Et si je décidais de me tracer un autre parcours, le destin m'en empêcherait-il ?

Le destin, le destin. Ça rime à quoi, le destin ? C'est quelque chose qui nous empêche de contrôler notre vie. Si on croit au destin, on se résigne à une existence particulière, on s'enlève la possibilité de vivre la vie à notre façon. C'est comme la foi : ça exige qu'on devienne aveugle de son propre gré.

Conclusion : le destin, c'est incompréhensible. Et moi, je ne peux pas croire en quelque chose que je ne comprends pas.

❖

— Tu me donnes un coup de main, Martine ? m'a demandé Nadine au téléphone, à huit heures trente ce matin.

Elle avait un projet en tête et besoin d'aide. D'accord ? D'accord.

J'ai avalé mon petit-déjeuner, salué ma mère et sauté sur ma bicyclette.

J'aurais dû prendre plus de temps pour me réveiller. En cachant un bâillement du revers de la main, je me place à côté de Nadine et l'aide à pousser le sofa au milieu de la pièce. Elle s'installe sur le bras du divan et proclame :

— On va créer une œuvre d'art.

Je ne suis pas convaincue, mais l'enthousiasme de Nadine me donne de l'espoir. Elle veut peindre le salon rouge et jaune.

— Couleur de sang et de fleurs de moutarde, dit-elle en ouvrant les pots de peinture.

Une odeur crue grimpe dans mes narines. Nadine désigne les pots d'un geste et lève les yeux vers moi.

— Tu aimes?

Pas vraiment.

— C'est pas pire, dis-je.

Nadine roule les yeux, exaspérée.

— Laisse-toi aller, Martine! Ouvre tes horizons un peu!

— Ta mère sait-elle que tu vas peindre les murs avec ces couleurs-là?

— On les a choisies ensemble. Tu aurais dû voir l'expression du vieux vendeur à la quincaillerie! Il aurait voulu nous demander ce qu'on ferait bien avec de telles couleurs, mais il était trop poli pour ouvrir la bouche.

Encerclant un bâton de ses deux mains, elle se met à brasser la peinture à coups vigoureux.

— Fais-moi confiance, Martine. Notre salon va être extraordinaire.

Elle ajoute, comme pour me rassurer:

— Les couleurs vont être un peu moins vives quand la peinture sera sèche.

Le premier trait de pinceau est scandaleux, une tache de sang sur une peau blanche. Jamais un mur ne m'a paru aussi innocent. Mais peu à peu, je prends un plaisir insensé à couvrir le blanc. Ajoutons de la couleur! Faisons vivre ce mur, nourrissons-le de peinture rouge!

Nadine fait jouer une musique aux rythmes diaboliques, «de la musique de gitans», que j'associerai dorénavant à la couleur rouge. Le rouge fait bouger. Le rouge réveille. De concert avec la musique, mon rouleau voyage sur le mur. Il brosse un trajet du plafond à la plinthe, de la plinthe au plafond, mouvement interrompu seulement par des trempées de peinture. C'est satisfaisant. Je me trouve à convoiter la vie de mon rouleau : franchir le blanc, laisser sa trace. En rouge.

De l'autre côté de la fenêtre, Suzanne accroche du linge sous le soleil battant. Sa corde à linge pourrait être une œuvre d'art : une série de longues jupes aux couleurs vives entrecoupée de t-shirts ternes, de bas blancs, de chiffons expressifs. Suzanne devrait soumettre sa corde à linge à un musée prestigieux. Les critiques remonteraient leurs lunettes sur le bout de leur nez et diraient d'un ton pointu : « Les jupes sont un symbole du plaisir et les bas représentent la banalité du quotidien. »

Nadine ondule des hanches, marquant le rythme de la musique, et sa crinière noire attachée en queue de cheval frappe ses deux épaules tour à tour. Sans se retourner, elle me demande :

— Est-ce que tu t'amuses ?

Nadine s'intéresse à mon bien-être. C'est à cela qu'elle pense en gigotant sur sa chaise ?

— Oui.

Réponse facile.

— Notre ancien appartement, à Montréal, était bleu et mauve. Mon père haïssait ça, il trouve les couleurs pastel trop féminines. Tout l'appart' était bleu et mauve sauf la chambre de mes parents. Là, mon père a été catégorique. La chambre est restée blanche.

Elle s'arrête, pensive, puis reprend :

— Il n'était presque jamais chez nous, donc je ne sais pas pourquoi il a piqué une crise. Le jour où ma mère lui a montré les pots de peinture qu'elle avait achetés, il est devenu tout rouge et lui a dit qu'il en avait marre de vivre dans une maison de filles. Je pense qu'il a couché ailleurs ce soir-là.

Nadine parle d'un ton blasé, comme si elle n'éprouvait aucune émotion face à son ancienne vie – son appartement aux teintes pastel, son père infidèle. Elle doit pourtant ressentir quelque chose. Son appart doit lui manquer ; son père aussi.

Nous travaillons en silence jusqu'à ce que sa mère entre dans la pièce.

— Que c'est beau ! s'exclame-t-elle derrière moi.

Je dépose mon rouleau et me mets à ses côtés. Le mur est à moitié blanc, à moitié rouge.

— Tu ne penses pas que c'est trop ?

— Trop quoi ?

— Trop… Juste trop !

Elle hoche la tête.

— Pas du tout. Notre maison a besoin d'un peu de vie.

Nadine se joint à nous pour contempler le mur. Elle est couverte de peinture. La baleine sur son t-shirt qui ce matin proclamait *Save the humans!* est maculée de peinture. Ses mains donnent l'apparence d'avoir passé la matinée à écraser des framboises et sa joue droite est tachée de rouge. Si elle avait une tache sur chaque joue, elle aurait l'air d'une guerrière. J'ai envie de plonger le doigt dans la peinture et de marquer sa joue gauche. Nadine ferait une bonne guerrière.

— J'ai faim, annonce-t-elle. Je vais nous faire des crêpes.

— Lave-toi bien les mains! lui rappelle sa mère.

— Ben oui! Je ne vais quand même pas servir des crêpes à la peinture!

Suzanne hoche la tête, l'air de dire: Quelle fille!

En effet.

Elle ramasse le pinceau que Nadine a déposé sur le couvercle et grimpe sur la chaise. Avant que je puisse m'en empêcher, je balbutie:

— Tu vas te salir!

Elle répond que ça ne lui fait rien, qu'elle aime se salir. Telle mère, telle fille.

Pendant de longs moments, nous ne disons rien. Mon rouleau continue son voyage, son pinceau trace les coins du mur. Nous avons une cause commune et c'est suffisant. Quand la musique gitane s'arrête, Suzanne descend de sa chaise et introduit un nouveau disque dans le lecteur. Une voix passionnante fait trembler le silence. Une voix qui secoue, qui frappe, qui pétrit les soucis. J'ouvre la bouche en me tournant vers Suzanne mais, en vraie psychique, elle me répond avant même que j'émette un son:

— C'est Billie Holiday.

Encore une fois, je m'étonne de l'étroitesse de mes connaissances en musique. Ça fait pitié.

Suzanne m'arrache à ma réflexion:

— Tes parents jouent-ils aux cartes?

D'où vient cette question? Comment répondre?

— Euh...

— J'aimerais bien me faire des amis ici, explique-t-elle, et j'ai pensé que je pourrais aller jouer aux cartes chez tes parents. Je les inviterais ici, mais…

Elle désigne le désordre du salon.

Il y a une éternité, mes parents étaient obsédés par les cartes. Ils y excellaient et j'en étais fière. Assise à ma «table de bébé», je faisais semblant de jouer aux dominos en essayant de comprendre ce qui se passait à la table des grands. Je ne comprenais rien, sauf que mes parents gagnaient souvent. Aujourd'hui, je m'imagine mal ma mère avec un paquet de cartes entre les mains. Je me demande si elle pense aux joutes de cartes, aux grandes *jases* qu'elle avait avec les voisins. Elle n'en parle jamais.

— Ma mère ne joue plus aux cartes.

— Et ton père?

Je me mords la lèvre.

— Mon père nous a abandonnées quand j'avais sept ans.

Suzanne secoue la tête et sa main droite s'envole sur son cœur.

— Je suis désolée, Martine.

Je hausse les épaules.

— Moi aussi.

Suzanne attend patiemment que j'en dise plus long. Je veux lui en parler, je veux lui dire à quel point son départ a creusé un trou dans mon enfance, mais je ne peux pas. Ma gorge est trop sèche, les mots sont trop pénibles. Ils égratigneraient mon cœur en en sortant. Ça ferait mal.

Suzanne semble comprendre. Elle se retourne vers le mur et y pose son pinceau.

— Ça doit pas être facile, dit-elle.

— Non, mais ça fait longtemps, c'est moins dur qu'avant.

Je le défends; pourquoi?

La tête de Nadine apparaît dans l'embrasure de la porte. La tache sur son visage n'est plus là. Elle ne sera pas guerrière, après tout.

— C'est prêt!

Je remarque alors que l'odeur de crêpes s'est mélangée à celle de la peinture. Au même moment, je me rends compte que je ne pourrai pas manger. La conversation qui n'a pas eu lieu m'a enlevé la faim.

✛

Insomniaque, quel beau mot. Je pense à la beauté de ce mot en essayant de m'endormir. Tâche difficile. Je ferme les paupières et je vois un visage embrouillé, celui de mon père. L'image est imprécise. On dirait une photo gâchée. Je ne peux pas comparer l'image dans ma tête à une vraie photo puisque ma mère les a toutes brûlées. Elle pleurait en les lançant une à une dans le foyer. Son geste m'a tuée; elle a brûlé mes chances de rencontrer mon père. Si un beau jour je le croise, il se peut que je passe tout droit sans le reconnaître.

C'est inquiétant de n'avoir que des souvenirs comme preuve de l'existence de quelqu'un. Est-ce qu'une personne existe moins si elle n'est présente dans aucune photo, si les objets qu'elle touchait tous les jours n'ont plus aucune trace de ses empreintes? Je ne sais pas.

Papa, tu m'empêches de dormir.

Quand je demandais à ma mère: Pourquoi papa n'est-il pas ici?, elle levait les yeux vers l'horloge et répondait: Je ne sais pas. Ce coup d'œil à l'horloge me faisait croire qu'il reviendrait peut-être, d'un jour à l'autre, d'une heure à l'autre. J'étais jeune et naïve. Avec le temps, je suis devenue un peu moins jeune et beaucoup moins naïve. J'ai cessé de croire à son retour. J'ai aussi cessé de demander à ma mère pourquoi mon père n'était plus avec nous. La réponse est devenue évidente: il devait sortir d'ici. Je comprends, maintenant.

Je lui en veux aussi. Je lui en voudrai pour le reste de mes jours. Il aurait pu m'amener avec lui. Égoïste. Ma tante Hélène a raison, mon père est «irresponsable au coton».

Si un beau jour je l'aperçois, assis au fond d'un café à Montréal peut-être, je ne sais pas si j'irai lui parler. Peut-être que je le regarderai droit dans les yeux, que je lui tournerai le dos et que je l'abandonnerai, à mon tour.

CHAPITRE 6

Antoine me dit :

— Elle partira bientôt.

Je suis jalouse ; ils se sont rencontrés sans moi, ils ont eu de longues conversations, ils s'aiment éperdument. Ils déménageront à Montréal et m'abandonneront ici, à compter mes regrets.

Mais non, voyons, je m'inquiète pour rien.

— Le village trouve sa mère pas mal bizarre. Elle a postulé un emploi au bureau de poste, puis il paraît qu'elle avait dessiné des fleurs sur son C.V. Des fleurs, Martine ! Personne va l'embaucher. Tu vas voir, ces deux-là ne vont pas rester au village très longtemps.

Mon regard tombe sur nos jambes qui pendent du pont, jambes de marionnettes. Les miennes paraissent glabres comme des pommes de terre à côté des siennes. Je me demande si ses poils de jambes sont aussi rudes que les miens quand j'oublie de me raser. Nos jambes se touchent presque. Si je ballotte les miennes, mon pied gauche va toucher sa cheville. Ça me plairait, de toucher sa cheville. La frôler juste un tout petit peu du bout d'un orteil.

Antoine me regarde.

— Penses-tu qu'elles vont partir?

— Si oui, ça ferait mon affaire. Nadine pourrait déménager à Montréal, puis m'amener avec elle.

Silence. C'est un sujet délicat, mon départ.

— Tu vas vraiment finir par y aller, hein Martine? Même si Nadine n'y retourne pas?

Il connaît la réponse, mais j'hésite à la prononcer. Une fois les mots sortis de ma bouche, ce sera officiel. Oui, Antoine. Je vais partir, je vais te quitter.

Je me pince les lèvres.

— Tu sais que je ne peux pas rester ici. J'ai besoin de vivre un peu. Il faut que je parte, il faut que je m'ouvre les yeux au reste de la planète.

— Puis, pour t'ouvrir les yeux, tu dois te décrotter les cils.

Un rire inattendu s'échappe de mes lèvres.

— Partir d'ici, c'est me décrotter les cils?

Partir, te quitter?

L'air peiné, Antoine fixe la rivière sans répondre. Le couteau enfoncé dans son cœur, c'est moi qui l'ai mis là. Regardez de près. Vous y verrez mes empreintes.

Je veux lui dire: Viens avec moi, ne reste pas ici. Mais ça ne vaudrait pas la peine. Je connais le dénouement de cette histoire-là: pouf! à terre, une mouche sous une botte. Pauvre Antoine. La ville le tuerait. Enlevez-lui sa ligne à pêche et son canot, et il va voir la vie en noir et blanc. Comme la chienne à Jacques.

— Quand vas-tu partir?

Je hausse les épaules.

— Je ne sais pas.

Je me tourne vers lui, je veux le consoler, mais je ne peux pas. C'est moi la cause de son malheur, c'est moi qui ai effacé son sourire. Rien à dire.

Je regarde le vent danser dans ses cheveux. Faire tomber une mèche dans son visage. Sans y penser, je lève la main et je remets la mèche à sa place. Ses cheveux sont doux, ça me surprend, ils sont plus doux que les miens. Et d'un blond éclatant. Tu portes le soleil sur ta tête, Antoine. Ce serait facile, tellement facile de promener mes doigts dans ces cheveux-là...

Qu'est-ce qui me prend? Je retire ma main. Niaiseuse, je suis niaiseuse. Je n'ai pas d'affaire à replacer les mèches de cheveux d'Antoine.

Ses yeux de malachite se posent sur moi. Me jeter dans ses pupilles. Entrer en lui, plonger jusqu'à son cœur. À quoi penses-tu? Il n'a pas reculé quand j'ai touché ses cheveux. Peut-être qu'il aimait ça. Peut-être qu'il voudrait que j'enfonce mes deux mains dedans, que je lui prenne la tête et la dépose entre mes seins.

C'est assez! Les joues en feu, je détourne le regard. Je ne vais quand même pas tomber amoureuse d'Antoine! Voyons donc. Il est gentil, il est beau, mais c'est tout. Et même si j'avouais qu'une partie de moi ne veut pas que ce soit tout, à quoi ça sert? À rien. Antoine ne veut pas quitter le village, et moi je ne peux pas rester ici. Notre histoire, à Antoine et moi, c'est celle d'un serpent voué à tourner en rond en se mordant la queue.

Donc, faisons semblant qu'il ne s'est rien passé.

Il ne s'est rien passé.

Tout d'un coup, je perçois un mouvement flou du coin de l'œil. Un pied bronzé se pose à côté de ma main. Le pied de Nadine, les jambes de Nadine, le corps de Nadine s'élancent tout droit dans le bleu du ciel. Elle tombe, tombe, puis perce la surface de l'eau. Mon ventre se noue en voyant le visage d'Antoine. Il s'est mis à rayonner. Écœurant, c'est écœurant l'effet qu'elle a sur lui.

— Salut, les amis!

Nadine nous fait signe de la rejoindre. Antoine se lève aussitôt et empoigne la poutre à ses côtés. La tristesse, mon départ, le désir : estompés. Nadine est ici.

— As-tu encore peur de la hauteur?

Rire nerveux.

— On verra bien! s'exclame Antoine, blême.

Les deux pieds bien à plat sur la planche, il mesure la distance qui le sépare de la rivière. Hésite. Nadine lui lance un cri d'encouragement. C'est le remède miracle à sa phobie. En un seul mouvement, Antoine ferme les yeux, se bouche le nez et se jette dans la rivière, à deux mètres d'elle.

C'est à mon tour. Si je m'imagine être un faucon, des ailes me pousseront-elles en plein ciel? Essayons. Je recule de deux pas, mes muscles me propulsent vers l'avant, je m'envole. Pour un instant, le vent résonne dans mes oreilles. Puis, brusquement, je suis submergée. La rivière est soyeuse, froide, une amie qui me tire plus profond, plus profond encore, jusqu'à ce que mes poumons me rappellent que je ne suis pas un poisson, pas davantage qu'un faucon.

Une fois étendus sur nos serviettes, nous nous offrons au soleil. Il veut m'endormir mais, non, pas question. Nadine et Antoine sont côte à côte, il faut les surveiller.

— Savais-tu que les rats et les chevaux ne sont pas capables de vomir?

Ça, c'est Antoine qui essaie d'impressionner Nadine. Je ris dans ma barbe imaginaire. Dans un recoin de la belle tête blonde de mon ami dort toute une série de «Saviez-vous que...». J'ai beau lui dire que tout le monde se fout de ces conneries-là, il se trouve intelligent quand il en sort une de son répertoire. Nadine va rire de lui, ça c'est certain.

Nadine ne rit pas. Elle dit: «Ah oui?» et s'appuie sur les coudes, l'air intéressé.

— Savais-tu que si tu ouvres les yeux quand tu éternues, ils peuvent sortir de ta tête?

Mon Dieu! Antoine s'est trouvé une complice.

Cette journée-là, j'apprends que les mouches ne vivent que quatorze jours; qu'il est impossible de se lécher le coude; qu'après avoir été décapité, on demeure conscient pendant huit secondes; que sur chaque continent de la planète, il y a une ville qui s'appelle Rome; que le cœur des crevettes se trouve dans leur tête.

Très, très utile.

Antoine et Nadine se regardent en souriant. Leur complicité les sépare de moi, érige un mur invisible entre nous. La grande muraille de Chine, à un cheveu près. Saviez-vous que vous me faites chier? que votre complicité me donne le goût de foncer comme un taureau sur la grande muraille de Chine? Saviez-vous que si un cheval entendait votre échange de quétaineries, il briserait toutes les règles de la physique et se mettrait à vomir son foin?

Je commence à m'identifier au grain de beauté sur

le cou de Nadine. Un grain de beauté, c'est tout petit. C'est facile à oublier.

Soudain, le visage de Nadine s'embrouille.

— J'ai perdu ma bague! crie-t-elle, prise de panique. Elle nous montre ses doigts nus.

— C'est mon père qui me l'a donnée, dit-elle en s'enterrant la tête dans les mains. Je ne l'ôte jamais, jamais! Elle a dû tomber dans la rivière…

Antoine n'attend même pas qu'elle finisse sa phrase. Il franchit la plage et descend dans l'eau froide à la recherche de la bague. Que c'est romantique. Que c'est *romantéteux*. Je n'ai jamais vu une telle *romantéteuseté*.

Pendant de longues minutes, nous le regardons plonger et replonger dans la rivière. Nadine ne dit rien, ne bouge pas. Ne le lâche pas des yeux.

En regardant Antoine, son visage s'adoucit. Un rouleau à pâte invisible aplatit les rides de son front, détend ses sourcils, attendrit ses yeux, ses joues, tout sauf sa petite bouche, qui se courbe en un léger sourire. Elle consacre tellement d'attention aux gestes d'Antoine que je n'ose même pas parler. De toute façon, qu'est-ce que je dirais? Cette fille à mes côtés, ce n'est pas Nadine. Quelqu'un d'autre s'est faufilé sous sa peau.

Je me résigne à tracer des lignes dans le sable. Je vais tracer un labyrinthe dans lequel je me perdrai à jamais.

— C'est correct, Antoine, s'écrie enfin Nadine. Reviens, c'est correct!

Il revient les mains vides. La bague restera donc perdue, enfouie sous une roche au fond de la rivière.

Toujours rayonnante, Nadine agrippe une serviette et se met à sécher Antoine, qui frissonne de tout son corps.

Une mince ligne blanche entoure le doigt bronzé de Nadine mais, en la regardant essuyer les épaules de mon ami, je suis convaincue que la bague est déjà oubliée.

Pourquoi ai-je l'impression que c'est moi, plutôt qu'elle, qui viens de perdre un bijou précieux ?

❖

Ce soir-là, alors que je regarde la télévision en mangeant du maïs soufflé, le téléphone sonne. Ma mère répond. En tendant l'oreille, je comprends tout de suite que c'est Nadine.

— Ah ! j'ai enfin l'occasion de parler à l'amie de Martine ! Oui, je vais très bien, merci. Non, tu ne me dérangeais pas. Attends deux secondes, je vais te passer Martine.

Elle émerge de la cuisine, souriante.

— Ton amie est polie, me dit-elle. Pourquoi ne l'invites-tu pas pour souper ?

Je hoche la tête. Elle ne comprend pas. Un souper avec ma mère et Nadine, ce serait l'enfer. Ma mère préparerait trop de nourriture, elle serait offusquée en voyant que Nadine a l'appétit d'un oiseau. Autant se planter la tête dans le malaxeur à biscuits.

Je ramasse le récepteur et j'attends que ma mère sorte de la cuisine avant de le placer à mon oreille. Nous avons la conversation la plus courte au monde :

— Nadine ?

— Allô, Martine. Veux-tu m'aider à peinturer le salon demain?

— Euh… D'accord. À quelle heure?

— Je ne sais pas. En avant-midi.

— À demain.

— À demain.

En raccrochant, je me rends compte que la télé est éteinte. Ma mère m'écoutait. Si elle s'attendait à ce que je révèle tous mes secrets à Nadine, elle doit être déçue. Mine de rien, je m'assois dans le sofa, j'allume la télévision.

— Je vais aider Nadine à peinturer son salon demain.

— Ah bon? dit-elle, innocente. Quelle couleur?

— Rouge et jaune.

Elle croise et décroise les mains, ne trouve rien à dire. Je souris.

Le lendemain, j'arrive chez Nadine en matinée, bien réveillée et prête à travailler. Suzanne m'ouvre la porte en bâillant. Elle est encore en robe de chambre et ses cheveux sont plus ébouriffés que jamais. Pleine de malaise, je la comble d'excuses:

— Je suis désolée! Il est dix heures, j'étais sûre qu'il n'était pas trop tôt.

Suzanne écarte mes explications du revers de la main:

— C'est correct, Martine. Entre, entre!

Le salon est impressionnant: le rouge frappe. Le rouge dit: Regarde-moi, regarde comme je suis éclatant.

— Vous avez fini de peindre! que je m'exclame.

— Le rouge, oui, mais il reste le jaune. Veux-tu des toasts, Martine? Du café?

— Du café peut-être. Je vais me servir. Nadine dort encore ?

— Oui. J'irai la réveiller bientôt.

Suzanne beurre sa rôtie pendant que je me verse un café. Je me sens à l'aise ici. Assez pour ouvrir l'armoire, me choisir une tasse et l'emplir de café.

— Profites-tu de tes vacances ? me demande Suzanne.

— Oui, j'adore l'été. J'aimerais que l'été ne finisse jamais. J'ai toujours de la misère à retourner à l'école.

— Sais-tu, je ne suis jamais allée à l'école secondaire.

Je digère ses mots pendant qu'elle digère sa rôtie.

— Chanceuse !

— Non, au contraire. N'abandonne jamais tes études, Martine. L'école, c'est important. Ça t'aidera à te tailler une bonne carrière.

Cet air-là, je le connais. Ma mère me le chante souvent. Ne-lâche-pas-l'école, Mar-tine, Mar-tine. Je pense à ma conversation avec Antoine, au C.V. fleuri que Suzanne a laissé au bureau de poste.

— Toi, qu'est-ce que tu fais, comme carrière ?

Suzanne lèche le beurre sur ses doigts.

— Je pourrais te faire une liste des carrières que j'ai essayées. Ici, j'ai l'impression que ce sera un peu plus limité, mais peut-être que je me trompe. On verra bien.

Elle se lève, lave sa tasse vide et me propose d'aller réveiller Nadine.

En montant l'escalier quatre à quatre, je songe à la façon dont je réveillerai Nadine. En cognant à sa porte de chambre ? En fredonnant son nom ?

Le problème se résout facilement. Quand j'arrive à sa chambre, j'entends la douche couler dans la salle de bains. Elle est déjà réveillée. Je frappe doucement, au cas où. Aucune réponse.

Je ne suis jamais allée dans sa chambre. Pourquoi pas? Qu'est-ce qui se cache derrière cette porte? Mes orteils s'enfoncent dans le tapis, j'hésite. Entrer dans la chambre vide, ce serait envahir l'espace privé de mon amie. Mais je ne resterais pas longtemps. Juste un petit coup d'œil rapide. Je suis foutue. Maintenant que l'idée s'est logée en moi, je ne peux plus m'en défaire. Voilà, la décision est prise. Je dois entrer dans cette chambre.

La présence de Nadine m'envahit dès que je franchis le seuil. Le maillot de bain bleu qu'elle a porté hier est accroché à une chaise sous la fenêtre entrouverte. Des rayons de soleil percent les rideaux de soie transparente, d'un bleu clair qui a dû bien concorder avec son ancien appartement. Une série d'animaux empaillés longent le mur; d'autres sont empilés dans des boîtes qui traînent partout. Je frissonne.

Le mur où s'appuie la tête de lit est décoré d'une dizaine de photos. Le pas chancelant, je me rends jusqu'au lit défait et m'y assois. Les draps fleuris sont encore chauds; le corps de Nadine y a laissé sa chaleur. Les photos sont curieuses: le gros plan d'une boucle d'oreille sur un nez; des ongles d'orteils verts; une fille blonde de mon âge qui tire la langue au photographe avec des yeux rieurs; un chiot endormi sur le ventre d'un garçon dont on ne voit pas la figure. Qui sont ces gens?

Je ramène mes jambes sous moi. C'est à ce moment

que je vois le journal intime. Là, à côté du lit. Couverture noire imposante, immanquable. La curiosité me ronge les nerfs, bête qui surgit de l'intérieur. J'en ressens les griffes dans mon estomac. A-t-elle écrit quelque chose à mon sujet? Décrit-elle Antoine? Je n'ose à peine respirer.

Je viens de trouver la clé au plus grand bonheur ou au plus grand malheur qui soit.

Je ne veux peut-être pas savoir ce qu'elle pense de moi ni d'Antoine. Si elle est éprise d'Antoine, je serai anéantie. Le journal se transformera en bombe qui me fera éclater en morceaux. Qui ramassera les miettes?

Une goutte de sueur coule sur mon front. Je l'essuie, l'oreille tendue vers la porte. L'eau de la douche coule toujours. Mon regard tombe sur le journal, il faut que je sache ce qu'il contient. C'est plus qu'un désir; c'est un besoin. Si l'attrait que ressent Nadine envers Antoine est fugitif, je serai allégée. Mes soupçons s'évaporeront et la vie continuera. Nous irons nous baigner tous les trois, nous mangerons des cornets de crème glacée, tout sera beau. Si les yeux d'Antoine brillent de temps en temps en se posant sur Nadine, je me consolerai en me disant qu'ils ne font pas briller ceux de Nadine.

D'une main tremblante, je me penche et ramasse le journal. Il est plus pesant que je ne l'aurais cru. Je me demande où elle l'a acheté, quelle couleur d'encre elle a choisie, quels mots elle a utilisés pour immortaliser ses pensées.

Je l'ouvre et le souffle que je retenais sans le savoir s'échappe de mes lèvres.

Vide. Le journal est vide. Toutes ses pages sont blanches.

Un changement dans l'air : la douche s'est arrêtée. Je dépose le journal d'un geste rapide et sors de la chambre. Je descends l'escalier quatre à quatre, franchissant la dernière marche d'un saut extraordinaire.

Suzanne ne semble pas avoir remarqué quoi que ce soit ; je l'entends siffler une mélodie en brassant de la vaisselle dans la cuisine. Appuyée contre le sofa, je ferme les yeux et tente de faire ralentir le cheval qui galope dans ma poitrine. Relaxe, Martine, relaxe. Tu n'as rien vu.

Je n'ai rien vu, mais la bombe a quand même explosé. Quelque chose vient de se déloger en moi, quelque chose de désagréable. Je dormais jusqu'à maintenant. Je dormais, je me suis secouée la tête pour me réveiller et toutes mes idées se sont mises à éclater comme des morceaux de maïs soufflé. Ma tête est une machine à *pop-corn*.

Au centre de ce méli-mélo, une pensée lucide : Nadine pourrait séduire Antoine. Sans aucun problème. Et Antoine se laisserait séduire. Sans aucun problème.

Quand Nadine apparaît dans le salon, je fais semblant de rien. Je souris, je lui dis :

— Bonjour, on attaque le mur jaune aujourd'hui ?

Elle croit à ma façade parce qu'elle n'a pas à douter de moi, elle. Elle n'a rien sacrifié en devenant mon amie.

Nous ramassons nos accessoires de peinture et Nadine glisse un disque compact dans le lecteur. Je m'en réjouis ; la musique me permet de tomber dans le silence et de me concentrer sur ma tâche. Je me plie sur mon rouleau en essayant de jeter sur lui mon malheur. Mes muscles deviennent rigides, des roches sous ma peau. Les heures défilent, le mur jaunit.

Absorbée, je ne remarque pas que la porte du salon s'est ouverte et refermée. Une voix que je connais bien me fait sursauter. Antoine.

— Allô !

Je monte la main à ma joue, surprise. Merde. Ma main n'est pas nette, mon visage sera taché de jaune. Antoine se tourne vers moi en feignant de ne rien remarquer.

— Ta mère m'a dit que tu serais ici.

Il est passé chez moi, il me cherchait.

— Veux-tu nous aider à peinturer ?

Nadine s'assoit, calme, digne et pas du tout tachée.

— En fait, j'allais vous demander si vous vouliez aller faire un tour de bicyclette.

Le visage de Nadine s'allume.

— Oui ! Quelle bonne idée !

Elle dépose son pinceau et s'arrête.

— As-tu une bicyclette de surplus ? J'ai laissé la mienne à Montréal parce qu'elle prenait trop de place dans le camion.

— Oui, tu peux emprunter celle de mon frère.

Ils se tournent tous les deux vers moi. Ils viennent de se rappeler que j'existe.

— Tu vas venir, hein Martine ?

Antoine me regarde avec espoir.

— Je suis venue à pied. Il faudrait aller chercher ma bicyclette chez moi.

— Pas de problème ! s'exclame Nadine. Je vais aller chercher la bicyclette du frère d'Antoine pendant que toi, tu vas chercher la tienne. On se rencontrera au magasin du coin.

Je serre les dents.

— D'accord.

Antoine me scrute, il ne croit pas à ma façade. Il me connaît depuis si longtemps, il voit la douleur que je berce dans mes yeux. Il veut la puiser sans en connaître la cause. C'est toi la cause, Antoine.

— Pourquoi ne viens-tu pas avec nous, Martine ? On se rendra tous les trois chez toi après être passés chez moi.

Antoine m'ouvre la porte ; je n'ai qu'à la franchir.

— Es-tu sûr ?

— Bien sûr que je suis sûr !

— Oui, d'accord, comme tu veux.

J'épie Nadine du coin de l'œil, craignant que son visage soit embrouillé de dédain. Il est illisible ; elle a le don de ne pas laisser ses pensées imbiber ses traits.

En route vers la maison d'Antoine, mon malheur se dissipe un peu. Nadine fait un effort pour m'inclure dans la conversation. Quand elle me parle, elle me regarde droit dans les yeux et je ne lis aucun signe de mépris. Ça me rassure, me redonne un peu de vie.

— As-tu déjà vu l'océan ? me demande-t-elle à l'improviste.

Le vent soulève ses cheveux, les fait tourner autour d'elle.

— Non, jamais.

— Ah, Martine, ma pauvre Martine ! crie-t-elle en butant une roche du bout du pied.

— Et toi, Antoine ?

— Non plus.

— Mes pauvres, pauvres amis!

Elle pivote sur elle-même et se met à marcher de reculons devant nous, nous obligeant à la regarder tous les deux. Son corps se découpe dans le vide, que nous emplissons avec un moment de retard, en avançant.

— Un jour, les scientifiques vont bâtir des maisons sous la mer et moi j'y déménagerai. Vivre avec les baleines, ce serait plaisant, non? Et l'odeur... ah, l'odeur. On devrait l'embouteiller, cette odeur, et la vendre à des femmes chichis.

— La mer, ça ne sent pas les poissons?

— Oui, mais pas juste les poissons. Ça sent les crustacées, le sel, le sable.

Antoine éclate de rire.

— Le sable n'a pas d'odeur!

— Tu te trompes. Si te plonges la main dans l'eau et que tu en ressors une poignée de sable, tu verras, ça sent la mer.

Il ne semble pas la croire.

— Le sable de la rivière ne sent pas la rivière.

Elle hausse les épaules.

— C'est parce qu'il n'y a pas assez de poissons dans ta rivière.

Antoine s'arrête. J'écrase mes lèvres pour retenir un sourire: elle ose insulter la rivière! Quelle audace!

— Là, c'est toi qui te trompes, dit mon ami.

Nadine éclate de rire.

— Tu crois?

— J'en suis sûr.

— Eh bien, tu auras à me le prouver.

Elle vient de lancer la ligne à pêche.

— Avec plaisir.

Antoine a mordu à l'hameçon. Prévisible ; il adore les défis.

Nadine ralentit le pas, se retourne et reprend sa place entre Antoine et moi.

— Hé! crie-t-elle, tapant des mains, j'ai une idée géniale : on devrait aller pêcher au lieu de faire de la bicyclette.

Antoine me demande du regard ce que j'en pense. C'est à moi de décider, donc. Je lève les yeux vers le ciel chargé de nuages.

— Penses-tu qu'il va pleuvoir ?

Je m'adresse à Antoine, sachant que Nadine ne pourrait pas me répondre. Les gens de la ville ne connaissent pas les signes de la nature. C'est un langage qui s'apprend en grimpant les bouleaux, en sautant d'une pierre à l'autre pour traverser la crique, en comparant les couleurs du coucher de soleil de ce soir avec celui d'hier. C'est un langage qui s'apprend quand on est jeune et qu'on n'oublie jamais.

— Peut-être, répond-il. Si on y va, on devrait y aller tout de suite.

Nadine prend la décision à ma place :

— Dépêchons-nous !

Sur ce, elle se lance à la course. Nous la rattrapons, puis nous courons jusque chez Antoine sans parler. À bout de souffle, nous nous effondrons sur le perron. Nos corps forment une étoile écrasée que les hirondelles doivent admirer du haut de leur nid. Elles sont cachées dans le toit qui couvre le perron ; on ne les voit pas, mais on les entend.

Je caresse du bout des doigts le bois rugueux et j'y inscris mes initiales avec l'ongle de mon pouce.

Sous le souffle du vent, la balançoire danse avec élan et l'herbe, qui a besoin d'être tondue, se plie en petites vagues. Je tourne la tête. Antoine regarde lui aussi l'arabesque de la balançoire, ses traits sont embrouillés de déception. Nos regards se croisent et s'échangent le même message. Nous n'irons pas pêcher.

Quelques instants plus tard, une pluie fine remplit le ciel. Nadine se lève, droite comme un I.

— De la pluie? Ah non! On ne pourra pas aller pêcher!

Non, Nadine, tu ne jetteras plus de lignes à pêche aujourd'hui.

Le vent se lève, secoue les feuilles des trembles longeant la cour. Hypnotisés, nous suivons du regard les gouttes d'eau qui dégoulinent du toit avec de plus en plus de véhémence. Nadine met sa main sous les gouttes et nous adresse un sourire provocateur. Sans attendre notre réaction, elle saute sur ses pieds et se jette sous la pluie battante. Son corps se tortille aussitôt en roue. Les mains plaquées dans l'herbe boueuse et les pieds en l'air, elle hurle:

— Venez, venez! Vous n'êtes pas faits en chocolat!

Antoine n'attend pas qu'elle finisse sa phrase; il se lance lui aussi dans l'averse, rigolant, puis reste planté devant Nadine les bras pliés, ne sachant plus trop quoi faire de lui-même.

— Suis-moi, Antoine! crie-t-elle en apercevant la balançoire, qui se dandine du plus grand orme de l'autre côté de la cour.

Elle part à la course, puis s'installe sur la balançoire, agrippe les cordes et attend de se faire pousser. Ce qu'Antoine fait sans hésiter. Ils se parlent, mais ils sont trop loin, je n'arrive pas à distinguer ce qu'ils se disent. Quelques éclats de rire me parviennent, s'accrochant à la queue du vent et franchissant la distance qui nous sépare. Ils me traversent, laissent une empreinte de dents dans mon cœur.

Ils ne sont plus mes amis. Ils ne sont que deux silhouettes barbouillées par la pluie : Nadine qui touche les nuages des orteils et qui redescend vers la terre, Antoine qui l'attrape et la repousse d'un coup ferme. Nadine monte, Nadine descend, Antoine touche ses épaules, Antoine la fait voler.

Antoine la fait voler.

Je n'en peux plus. Si je reste ici, je m'arracherai les cheveux. Je ne veux pas être chauve. Je jette un dernier regard aux silhouettes, puis je fonce à mon tour dans la pluie. Sauf que je ne me dirige pas vers mes amis ; je m'en éloigne.

Trempée jusqu'aux os, tremblante, j'emprunte le chemin du retour. Les larmes menacent de se mêler aux gouttes d'eau qui éclatent sur mes joues et je me mets à compter mes pas pour m'empêcher d'éclater en sanglots. Un, deux, trois, quatre, la petite vache a mal aux pattes. Mais je ne suis même pas une vache. Les vaches, elles, savent ce qu'elles veulent dans la vie et cela les satisfait ; elles ne pensent pas aux montagnes en mâchant l'herbe verte. Moi, je chasse des rêves qui n'aboutissent à rien. Je suis nulle, je ne vaux rien, je suis une vaurienne. Je suis une virgule, une aspiration dans une phrase incomplète, une pause entre deux idées fragmentaires.

— Martine ! Où vas-tu ?

La voix d'Antoine me fait avaler ma peine. Il arrive tout essoufflé, s'arrête à mes côtés. En le regardant essuyer la pluie qui dégouline sur son front, je réalise qu'il ne sait pas pourquoi je suis partie. Il ne comprend pas.

Je suis abrutie, Antoine, je suis confuse, je n'aime pas ce qui se passe en moi. Tu me fais peur. Pourquoi ne peux-tu pas lire ça dans mon regard ?

Je ne lui dis pas cela. Je lui dis :

— Je n'avais pas le goût de me balancer sous la pluie.

Il ne comprend toujours pas.

— Tu n'avais qu'à le dire !

Silence.

— Tu pars, donc ?

— Toi, tu restes ?

— Je suis déjà chez moi.

— Je suis *nounoune*, j'oubliais.

Antoine fronce les sourcils.

— Tu n'es pas *nounoune*, Martine, tu ne devrais pas dire ça. Pourquoi tu ne reviens pas ? On va entrer, si tu veux, je vais faire du lait au chocolat chaud avec un peu de cannelle, ta boisson préférée…

Il joue à l'innocent. Il n'est pas si naïf que ça. Il sait que Nadine va se planter entre nous et nous repousser de toutes ses forces. Il le sait, mais il veut effacer la vérité d'un saupoudrage de cannelle.

— Je ne sais pas…

Un bruit derrière moi me fait tourner les talons. Nadine apparaît, se frottant les bras. Son t-shirt colle à sa peau, elle s'en rend compte sous mon regard et en lève le bord, créant un bruit de succion. Antoine détourne les yeux.

— Je suis toute trempée! Un vrai chien mouillé. On rentre chez toi, Antoine? Je commence à avoir froid.

Antoine se tourne vers moi.

— Tu viens, Martine?

Si je quitte, ils seront seuls.

Je retrouve la voix. Je dis:

— Oui, Antoine, j'y vais.

Nadine a déjà rebroussé chemin sans attendre ma réponse. Elle marche en zigzag pour détourner les flaques d'eau. Elle se rendra chez Antoine avec ou sans moi. Une lueur de lucidité me glace, me fait mordre ma lèvre inférieure. Ma présence ne sera pas contestée, mais elle n'est plus requise.

❖

Tourne la tête vers l'est et tu verras une montagne. Elle culmine au-dessus des toits du village comme un ange gardien. En escaladant son flanc, tu trouveras les meilleurs bleuets de la région.

Nadine vient de découvrir qu'elle adore ramasser des bleuets. Elle ne sait pas qu'elle détestera ça au bout de deux heures et que, ce soir, elle en fera des cauchemars. Je ne le lui dis pas. Je la regarde sauter d'une *talle* à l'autre, en s'exclamant chaque fois:

— Ceux-ci sont encore plus gros!

Je ne sais pas pourquoi j'ai accepté de grimper la montagne avec elle. Je devrais haïr Nadine autant que je hais me mettre à quatre pattes pour remplir mon plat de Tupperware de bleuets. Mais je ne peux pas haïr Nadine. J'en suis incapable. Comme on est incapable de se lécher le coude, comme on est incapable de parler quand on veut pleurer. J'en suis incapable même si elle s'apprête à me voler Antoine.

— Penses-tu qu'il est intéressé ? m'a-t-elle demandé, en route vers la montagne.

J'ai haussé les épaules, j'ai failli lui répondre : Non, jamais de la vie. Je me suis mordu la joue, je lui ai dit : Je ne sais pas. Je me suis imaginée en train de me jeter en bas de la montagne, me demandant si je flotterais longtemps dans le vide avant de me frapper le crâne contre les roches.

D'où vient mon amertume ? Pourquoi ai-je tellement de misère à les laisser s'embrasser, coucher ensemble, se marier, emménager rue Main et avoir des enfants comme tout le monde ?

Parce que Nadine ne devrait pas sacrifier sa vie exotique pour être avec Antoine. Elle devrait m'amener avec elle à Montréal. Parce que si elle reste au village, elle prendra ma place, et moi je disparaîtrai. Comme les bleuets dans sa petite bouche.

Nadine s'essuie les mains contre son short et se lève. Elle me regarde drôlement. Les yeux brillants, elle me lance :

— Je nous ai amené un cadeau.

Curiosité piquée.

— Un cadeau ?

Elle tire la corde de son sac à dos et, lentement, elle en retire une bouteille de vin. Une bouteille de vin ? Vraiment ? Un rire surpris s'échappe de ma gorge, presque un aboiement. Nadine lève les sourcils, deux parenthèses qui s'arquent sur son front.

— Ça te tente ?

J'incline la tête. Oui, ça me tente. Diluons l'amertume dans le vin.

Les lèvres à même le goulot, nous buvons. Plus je me remplis la bouche de feu, plus mes inquiétudes me semblent lointaines, insignifiantes. Peu à peu, une espèce de dissociation s'installe en moi. Mes soucis, je les tiens à bout de bras. Antoine-et-Nadine ? Je m'en fous ! Allez-y, mariez-vous ! J'ai le goût de rire. Le cœur léger, je me mets à balbutier n'importe quoi :

— Demain, je serai reine.

— Ah, oui ?

— Oui. Reine de la plage. Je vais me bâtir un château de sable gigantesque, puis je vais passer le reste de mes jours assise sur mon trône. Je vais porter une couronne d'algues et un manteau de sable.

Nadine se tape les cuisses.

— Excellent ! Et moi, je vais être ton bouffon !

Elle me passe la bouteille de vin (Presque vide ! Déjà ?) et se hisse debout. Puis, le pas incertain, elle se met à agiter les bras dans tous les sens en s'écriant :

— U-ne Martine, ça trompe, ça trompe. U-ne Martine, ça trompe énormément !

Je ris spontanément, les yeux fermés.

Les mains tachées de bleuets, nous érigeons une pyramide de roches : Nadine et Martine sont passées par ici. Voici leur pyramide tachée de bleuets, de sueur, d'ivresse.

— Je nous baptise ; nous sommes des rocheuses ! s'exclame Nadine en plaçant la dernière roche. Voici la pyramide des rocheuses.

Nous nous allongeons par terre, montrant du doigt les animaux cotonneux qui flottent dans le ciel. Quand je ferme les yeux, l'empreinte des nuages reste sous mes paupières. C'est sublime.

Au bout de quelques minutes de silence, Nadine lève la tête. Elle a l'air pensive.

— As-tu parlé à Antoine dernièrement ? demande-t-elle d'une voix douce.

Antoine. Le cœur me monte dans la gorge.

— Non, pas dernièrement.

Nadine s'assoit, serre ses genoux poussiéreux contre sa poitrine et s'y appuie le menton. Quelque chose a changé. Ses gestes sont plus lourds qu'avant, son regard plus absent.

— Est-ce que ça te dérange ?

— Quoi ça ?

— Que j'aime Antoine ?

La Terre cesse de tourner. Mon cœur éclate dans ma poitrine, ma tête s'arrache de mon cou, tombe et se met à rouler aux pieds de Nadine.

Elle me regarde. Ses yeux sont les phares d'un camion, je suis un orignal dans le chemin. Je ne sais pas quoi dire. Je ne dis rien. Je fixe ses cheveux, ses longs cheveux qui pendent comme deux voiles noirs autour de son visage.

— Ça te dérange, hein, Martine ?

J'ai froid partout. Je veux mentir, je veux dire que ça ne me dérange pas mais, quand j'ouvre la bouche, c'est la vérité qui sort :

— Je sais pas. Peut-être que ça me dérange un peu.

À ma grande surprise, Nadine hoche la tête. Oui, elle comprend.

— C'est ce que je pensais. Mais c'est comme ça, la vie. C'est jamais parfait.

— Non.

La vérité étalée devant nous, presque palpable. Elle est malcommode, la vérité. Elle me fait rougir, me donne des nausées. Néanmoins, il me semble que je respire mieux. Quelque chose s'est débloqué en moi; la vérité, c'est un mal qui fait du bien.

— On ne va quand même pas se battre pour un gars... Surtout pas un gars antoine!

Je souris. Il est faible, mon sourire, mais il est là.

— Non. Surtout pas.

Nadine s'étire et agrippe le plat de Tupperware.

— Aujourd'hui, on oublie Antoine, affirme-t-elle en m'offrant des bleuets.

On oublie Antoine. Aujourd'hui.

CHAPITRE 7

Reviens, vérité, reviens. Laisse-moi t'avaler tout rond et effacer ta présence.

Si je n'avais pas ouvert ma grande gueule, Nadine n'aurait pas osé faire des avances à Antoine. Si je n'avais pas ouvert ma grande gueule, je ne serais pas seule.

Ils sont ensemble. Non, je n'ai aucune preuve de leur union, sauf cette certitude qui s'est installée en moi et cette petite voix de plus en plus présente, de plus en plus familière. Je pense qu'il faut écouter les petites voix qui hurlent en soi. Elles ne hurlent pas pour rien.

Nadine m'a-t-elle trahie, puisqu'elle savait que je ne voulais pas qu'elle soit avec Antoine? Oui. En ouvrant sa grande gueule, en me disant qu'elle aimait Antoine, elle m'avertissait qu'elle ferait les premiers pas. Ingénieuse, cette fille-là.

La vraie vérité : je ne peux haïr ni Nadine ni Antoine. J'essaie, mais je n'y arrive pas. Il reste que l'amertume a grossi. Une boule de rancune s'est formée en moi, comme un bébé non désiré dans mon sein. Je suis enceinte, maman. Enceinte de rancune. Mon bébé grandit avec le temps qui passe.

Ça fait cinq jours que je n'ai vu ni Nadine ni Antoine. Cinq jours, c'est long. C'est une soixantaine de bâillements, à peu près deux cent mille clignements des yeux, au moins trente heures de sommeil. On a le temps de penser à ça quand on passe cinq jours à se couper le bout des cheveux avec un coupe-ongles. Pitoyable. Maintenant, couchée sur mon couvre-lit couvert de cheveux, je suis convaincue que la solitude est une très mauvaise amie.

La tête de ma mère apparaît dans l'embrasure de la porte.

— Tu te sens mieux?

— Un peu. Je suis encore fatiguée, je vais essayer de dormir.

La porte se referme. Ma mère pense que je suis malade. Avec raison. Le lendemain de l'escalade avec Nadine, j'ai vomi et vomi encore. Je ne pensais pas qu'on pouvait tant vomir. Peut-être voulais-je aussi me vomir moi-même.

Ma mère était ravie; elle pouvait enfin prendre soin de sa pauvre enfant. J'ai exploité la situation. Mes vomissements ont évolué en une étrange maladie qui a pour symptômes la fatigue, la fausse toux et le refus de sortir de ma chambre. Ma mère ne pose pas de questions. Elle doit bien savoir que ma maladie n'est qu'un prétexte, mais elle ne me dénonce pas. Elle comprend peut-être que cette réclusion est nécessaire, un point c'est tout.

Le bébé difforme me lance un coup de pied. Ils s'aiment, ils m'ont abandonnée. Cet air-là va perdre son sens à force d'être répété. Aurais-je pu prévenir leur abandon? me ruer sur eux en criant: Ne vous aimez pas!? Mais non. On ne gagne jamais quand on se bat contre l'amour. Parce que l'amour, c'est un ennemi invisible. Essayer de vaincre l'amour, c'est se perdre dans un labyrinthe sans issue, c'est jouer au cinq cents sans dame de pique.

Malgré ça, je remâche mes regrets. J'aurais dû faire quelque chose. Maintenant, tout est foutu. Nadine ne va pas déménager à Montréal. Elle va rester ici avec Antoine et ce sera l'enfer de les voir ensemble. Division inéluctable: eux, moi. Jusqu'à la semaine dernière, nous étions trois petits chats, chats, chats; dorénavant, je serai le chien de poche. Déchéance.

✣

Le sixième jour.

À terre, le front contre le plancher de bois franc. Les mains pleines de Kleenex. Spasmes au corps.

Antoine! Nadine! Où êtes-vous?

✣

Le septième jour.

Dans le temps qui s'est écoulé depuis que j'ai vu Antoine et Nadine, j'aurais pu créer un univers. Si Dieu était Martine. Si Martine croyait en Dieu.

Je suis en train d'essayer de ne pas penser à lui, non plus à elle.

Cinquante et un petits points noirs sur les carreaux blancs de mon plafond. Cinquante-deux. Cinquante-trois petits points noirs embrouillés par les larmes.

On frappe à la porte. C'est un des nouveaux signes de respect (ou de résignation ?) de ma mère.

— Martine ?

Antoine. C'est Antoine. Il est ici ! Du revers de la main, je sèche mes larmes et je cours ramasser les mouchoirs qui sont éparpillés un peu partout dans la pièce.

— Martine, ta mère me dit que tu ne te sens pas bien... Est-ce que je peux entrer ?

La porte qui nous sépare brouille le son de sa voix. Je ne suis pas sûre de vouloir le voir, mais je m'entends lui dire d'entrer.

Ses pommettes sont rouges. Il a passé la semaine dehors, avec Nadine, et il a attrapé un coup de soleil.

— Puis, ça va ?

Je hausse les épaules, ne dis rien. Je ne veux pas qu'il fasse semblant que tout est normal. À ce moment, tout est anormal. On se conjugue à l'anormalité, Antoine. Je suis anormale, tu es anormal, nous sommes anormaux. Il traverse la pièce et s'assoit au pied du lit, tout près de moi. Antoine est là, tout près de moi, et je n'ai rien à dire.

— Nadine et moi, on s'en va à la rivière. Est-ce que ça te tente de venir ?

Nadine et moi ?

— Non, je ne pense pas.

Il se met à tripoter le bout de mon couvre-pieds d'un air distrait. Puis, sur un ton désespéré, il lance :

— Écoute, Martine, tu ne peux pas rester dans ta chambre le reste de ta vie !

Son regard rencontre le mien. Un regard tourmenté. Il n'aime pas l'anormalité, Antoine. Il n'aime pas l'angoisse. Il veut que tout le monde s'arrange, finies les histoires d'abandon et de tristesse. Mais ça ne se passe pas comme ça. La vie n'est pas parfaite.

— Ça ne me tente pas aujourd'hui, Antoine.

Ce n'est pas moi qui parle. C'est une étrangère. Impossible qu'on puisse être en train d'avoir cette conversation. J'ai un creux dans le ventre, un trou dans le cœur. Que faire? Que dire? Le visage d'Antoine s'assombrit. Il se sent coupable, c'est évident. Ça se lit dans ses gestes délibérés. Son angoisse à lui, sa culpabilité, je les avale tout rond, je les intériorise, je ne peux pas faire autrement. Je n'aime pas le voir angoissé. J'ai le goût de lui caresser les cheveux comme le faisait ma mère quand je m'écorchais les genoux.

Non, non! Il ne faut pas céder. Antoine m'a abandonnée. Il m'a mise de côté pour Nadine. Tout d'un coup, une bête se réveille en moi. Une bête fiévreuse qui fait battre mon cœur comme un métronome dans ma poitrine. Elle veut rugir, cette bête, elle veut bondir. Elle m'ouvre la bouche et les mots déboulent avant même que je puisse les arrêter.

— Non, Antoine! Tu ne peux pas continuer à me négliger comme ça. Une semaine! Ça fait une semaine que tu n'es pas venu me voir. Tu ne t'inquiétais pas de moi? Je ne vaux rien, c'est ça l'affaire?

— Pas du tout! C'est nouveau, avec Nadine. On avait besoin de temps pour apprendre à se connaître un peu plus, c'est tout.

Ils sont ensemble, il l'avoue! Le sang s'échappe de mes veines. Je cherche mes mots.

— C'est pas une bonne excuse!

Il baisse les yeux.

— Tu as raison.

Silence. Puis, doucement:

— Demain, peut-être, tu vas venir à la rivière?

La bête commence à s'endormir. Je veux céder, je veux flancher, mais je ne dis rien. Ma voix va craquer si j'essaie de parler. Le regard d'Antoine m'implore: S'il te plaît, Martine. Il s'avance. Antoine s'avance vers moi et pose sa main sur mon épaule. Son toucher propage du feu sur ma peau.

— Tu m'as promis, murmure-t-il.

— Promis quoi?

Hésitation. Détournement des yeux de malachite.

— Tu m'as promis que tu serais toujours mon amie.

Un abcès crève en moi. D'accord, Antoine, d'accord. Tu gagnes. Je rends les armes. Mais ne m'abandonne pas. Je t'en prie. Ne m'abandonne pas.

Les mots restent cloués au fond de ma gorge. J'ai perdu la capacité de produire des sons. Je ne peux même pas lever les yeux.

— Écoute, dit enfin Antoine, je dois partir. Vas-tu être correcte?

Je fais oui de la tête. Je lui lance un sourire jaune qu'il ne voit pas puisqu'il a déjà le dos tourné et déjà la porte s'enclenche et déjà je reste seule, seule à renifler les traces de sueur et de feuilles mortes qu'il a laissées derrière lui.

✤

Ironique, la vie. C'est Nadine qui est assise devant le Nepsi's Gas. Nadine, cette enfant de l'asphalte, assise devant une station d'essence dans un tout petit village ceinturé de bouleaux et d'érables, perdu au beau milieu de nulle part. Station d'essence où, depuis l'âge de six ans, j'achète des *Mr. Freeze* bleus et de la gomme qui goûte le savon. Ma station d'essence.

Elle ne m'aperçoit pas. Il n'y a aucune raison qu'elle m'aperçoive ; elle regarde le garçon blond à ses côtés. Il lui parle avec enthousiasme, ponctuant ses paroles de gestes gracieux, inconscients. C'est une habitude que j'ai toujours aimée. Quand Antoine parle avec ses mains, on dirait qu'il peint un tableau dans les airs.

Antoine et Nadine : vision fictive, irréelle. De temps en temps, elle caresse sa nuque. De nouvelles habitudes se créent sous mes yeux. Que se disent-ils ? Nadine rit souvent. Son rire franchit la distance qui nous sépare, accélère mon pouls, se heurte contre moi comme un camion de dix tonnes. J'ai la bouche tellement sèche que j'ai de la misère à avaler.

Nadine ne vas pas rester dans notre village. Elle va s'apercevoir que la porte de sa cage d'oiseau est entrouverte et elle s'envolera. Elle va briser le cœur du beau garçon blond. Au-delà du soupçon, c'est un fait assuré. Je le sais et je n'y peux rien. Je suis abattue de chagrin, non pas pour mon propre sort, mais pour celui d'Antoine. Cher ami, si au moins tu savais ce qui t'attend…

C'est à ce moment-là que Nadine se retourne. Une vague froide me traverse, comme si je regardais un enfant tomber dans la rue à l'approche d'une voiture.

Nadine se fige en me voyant, puis elle lève la main et me salue.

— Martine!

Elle m'appelle. Ne pas leur tourner le dos. Avancer, foncer tout droit. Mes jambes sont raides, elles sont faites de plomb, mais par miracle elles me guident vers Antoine et Nadine.

— Allô.

— Allô.

Nous sommes banals. Trois petits chats, trois petits chats, trois petits chats, chats, chats, chapeau de paille, paillasson, somnambule, bule, bule. Est-ce que je rêve?

— On a compté douze autos, me dit Antoine, comme si je lui avais posé la question, comme si je voulais savoir combien d'autos ils ont compté, assis là ensemble.

— Ah oui?

— Oui.

En me voyant marcher vers eux, ils se sont éloignés un peu l'un de l'autre et se sont lâché la main. Nadine fait tourner une mèche de cheveux entre ses doigts, Antoine gigote sur place. Je les rends mal à l'aise et ça me plaît. Gigotez, les amis! Tordez-vous comme des vers! Vous le méritez.

Le silence commence à peser. Il faut dire quelque chose, n'importe quoi.

— Je vais déménager à Montréal la semaine prochaine.

Tiens? C'est moi qui ai parlé? Mais qu'ai-je dit?

Antoine et Nadine s'arrêtent net, muets de surprise. Quel délice, cet ébahissement qui leur fait écarquiller les yeux!

— Sérieusement?

Antoine est blême. Trop tard pour reculer; poursuivons jusqu'au bout. Je fais oui de la tête.

— Chanceuse! s'exclame Nadine. Tu vas adorer ça. Le métro, le mont Royal… Ah, ça me manque déjà!

Elle me lance un regard étonné, presque jaloux. Elle me tourne le dos et fixe la rue vide, mais le soupçon de nostalgie que j'ai entrevu m'émeut.

Ils ne savent plus quoi dire. Victoire! Je les ai déconcertés. J'ai ébranlé leur petit monde romantique.

Soudain, j'ai un coup au cœur. Pourquoi ai-je dit ça? Je n'ai pas d'endroit où rester à Montréal, pas d'emploi, pas d'amis… Est-ce que je peux vraiment y aller?

Mon regard tombe sur Antoine, qui s'est penché pour ramasser une roche plate. Il la fait tourner dans sa main puis, la jugeant acceptable, l'enfouit dans sa poche. Ce soir, demain, il se rendra à la rivière et la jettera dans l'eau. Elle sifflera dans l'air, puis rebondira sur la surface avant de plonger dans la rivière. Ça le fera sourire.

Est-ce que je veux vraiment partir?

⁜

Ce soir-là, mon sommeil est agité par un rêve angoissant. Assise sur un banc devant le terminus, j'attends l'autobus pour Montréal. Je tiens dans mes mains une horloge qui, dès que je la regarde, se met à sonner minuit. Au douzième coup, un vent furieux se lève, fait fléchir les arbres et crée un nuage de poussière étouffant. J'ai des cheveux dans la bouche. Je lève la main pour les enlever et mes bagages partent au vent. Au même moment, l'autobus passe devant moi sans s'arrêter.

Je me réveille en sursaut.

Le rêve me trouble plus que je ne le voudrais ; je n'arrive pas à me rendormir. En regardant les premiers rayons de soleil percer mes rideaux, je me dis qu'il faut que je parte, que je ne peux plus rester ici. Que le moment de faire mon chemin est arrivé.

Les mêmes questions se répètent inlassablement, on dirait un disque brisé : Où vas-tu rester ? Que vas-tu faire à Montréal ?

Que faire, que faire ? Je mords furieusement dans mon oreiller, incapable de trouver des réponses à ces questions implacables.

❖

— Nadine n'est pas ici.

Elle est avec Antoine, sûrement. Je fixe mes pieds, nerveuse sous le regard compatissant de Suzanne.

— En fait, je ne suis pas venue voir Nadine. Je suis venue parce que…

J'hésite. Je ne devrais pas être ici. Je devrais tourner les talons et ficher la paix à la mère de Nadine.

— Parce que j'espérais que tu puisses lire mes cartes.

En guise de réponse, la mère de Nadine se tord le cou et lève les yeux vers les nuages gris au-dessus de nous.

— Il va pleuvoir, dit-elle.

Elle m'adresse un sourire.

— Entre. Je vais lire tes cartes.

Nous nous dirigeons vers la cuisine et Suzanne prépare le café. Elle sort deux tasses de l'armoire.

— As-tu une question précise en tête? demande-elle en plaçant les cartes de tarot devant moi.

— Ben, c'est au sujet de mon départ.

Elle s'arrête.

— Ton départ?

La bouche sèche, je me lance:

— Je veux aller à Montréal. Il faut que j'aille à Montréal. Il faut que je parte. Je n'ai plus de raison de rester ici. Le problème, c'est que je n'ai pas d'endroit où vivre là-bas. Au pire, je suppose que je pourrais rester dans une auberge de jeunesse jusqu'à ce que je me trouve un emploi... De toute façon, je veux que les cartes me disent si c'est le bon chemin à prendre, si tout s'arrangera quand je serai à Montréal.

Le visage de Suzanne s'embrouille.

— Tu veux te rendre à Montréal, puis vivre dans une auberge? Tu n'as pas d'autre endroit où aller?

— Non.

— C'est un gros problème ça, hein?

Je ne dis rien.

— Tu veux absolument y aller?

— Oui. Absolument. C'est mon plus grand désir, mon plus grand rêve.

Elle me regarde longuement.

— J'ai toujours cru qu'il faut suivre ses rêves, dit-elle doucement, ce qui fait naître un brin d'espoir en moi.

— J'ai un frère à Montréal, dit-elle, qui est propriétaire de quelques immeubles. Je pourrais lui donner un coup de fil pour voir s'il a un appartement vide.

Je pousse un cri de joie :

— Vraiment ?

Mon enthousiasme la fait éclater de rire.

— Oui, vraiment ! Mais ne te fais pas trop d'espoirs, Martine ! Il n'y aura peut-être pas d'appartement à louer. Et d'ailleurs je ne sais pas combien ils coûtent. En tout cas, je vais lui téléphoner.

Ébahie, je murmure :

— Merci.

Mon rêve se concrétise. Je me sens rougir d'anticipation. Un appart' à moi seule... Ah, la vie serait parfaite !

À ce moment-là, Nadine apparaît dans l'embrasure de la porte. Elle sursaute en me voyant.

— Martine. Allô.

— Allô.

Un silence inconfortable s'installe. Elle ne s'attendait pas à me trouver dans sa cuisine, elle ne sait pas quoi dire. En la regardant se mettre les mains dans les poches, je pense à Antoine. Je me demande s'ils ont marché main dans la main aujourd'hui. Antoine-et-Nadine. Un frisson me traverse. Je n'ai pas le goût de voir Nadine.

— Je me préparais à partir, dis-je en me levant.

Suzanne hausse les sourcils. Elle n'a pas encore lu mes cartes. Je lui lance qu'elle m'a dit tout ce qu'elle avait à me dire.

Nadine se tasse pour me laisser passer.

— À plus tard, Martine ! me dit-elle d'un ton exagérément positif.

Je la regarde dans les yeux. Je lui dis :

— À plus tard.

Je n'aurais pas dû lui dire ça. J'aurais dû lui dire : Adieu.

Adieu, Nadine.

CHAPITRE 8

Ma mère n'a pas explosé en mille morceaux.

Elle n'a pas piqué une crise, elle ne s'est même pas mise à pleurer. Quand je lui ai annoncé mon départ, elle est restée debout, là, bête, et m'a regardée longuement. Si longuement que je me suis demandé si elle m'avait bien entendue.

— Je vais déménager à Montréal, ai-je répété.

Les mains tremblantes, elle a dénoué son tablier, l'a posé sur la table et s'est affalée sur la chaise de cuisine. Avec ses yeux cernés et ses épaules tombantes, elle me paraissait plus vieille et plus fatiguée que jamais. Enfin, son visage s'est durci, ses épaules se sont redressées et elle a lancé l'attaque :

— Tu as décidé ça sans me demander ce que j'en pense?

Je m'apprêtais à répondre qu'elle savait bien que j'y réfléchissais depuis longtemps, mais elle m'a coupé la parole.

— Tu ne peux pas y aller, a-t-elle lancé d'un ton ferme.

Je l'ai regardée avec étonnement. Pensait-elle pouvoir m'interdire de partir ?

— Tu ne peux pas m'empêcher de faire ce que je veux !

— Où vas-tu rester, au juste ?

Je ne disais rien. Mon silence résonnait dans la cuisine.

— Où vas-tu rester ? a-t-elle répété.

— Je vais m'en occuper, ne t'en inquiète pas.

Elle a hoché la tête.

— Tu rêves en couleurs, Martine. T'as pas de place où rester, pas d'amis là-bas, presque pas d'argent. Ça coûte cher, vivre, tu sais ! Tu ne peux pas juste partir parce que ça ne te tente plus de rester ici ! Il faut être plus responsable que ça, dans la vie !

Ses paroles m'ont coupé le souffle.

— Je le sais, ça, maman ! Je suis capable de me débrouiller toute seule !

— Tu penses ?

Elle s'est levée d'un geste brusque.

— Tu penses pouvoir te débrouiller toute seule ? Essaie donc. Essaie de te trouver une place où rester, puis un emploi. Tu vas voir que c'est pas si facile que ça.

Sur ce, elle a jeté son tablier sur le comptoir et elle est sortie en claquant la porte derrière elle.

✣

Après cette conversation, mon premier mouvement a été de téléphoner à Suzanne.

J'ai jugé qu'il serait bon d'attendre un peu, par

politesse. Après tout, un jour à peine s'était écoulé depuis qu'elle m'avait dit qu'elle appellerait son frère.

Je me suis fait un café que je n'ai pas bu.

J'ai regardé une mouche heurter infatigablement le grillage de la porte.

Je me suis dis que je ne devrais pas espérer, mais mon cœur ne m'écoutait plus. Enfin, incapable de supporter l'attente, j'ai décidé d'être impolie.

— Suzanne?

— Martine! Bonjour! Je suppose que tu appelles pour avoir des nouvelles de mon frère?

— Tu as bien deviné!

— Je lui ai parlé ce matin.

— Ah oui?

— Oui. Puis tous ses immeubles sont pleins. Il n'y a pas d'appartement libre.

— Ah non?

— Non, mais il a dit que sa voisine a une chambre à louer.

— Ah oui?

— Son fils vient de partir pour l'université. Elle cherche quelqu'un de responsable qui pourrait louer la chambre. Est-ce que ça t'intéresse?

Bien sûr que ça m'intéresse!

Une joie extrême se répand en moi, m'arrachant à mon existence présente et me persuadant que je n'ai qu'à m'élargir, qu'à m'étirer un peu pour serrer la terre entière dans mes bras.

Montréal! J'irai à Montréal et j'aurai une chambre à moi seule! La vie reprend son éclat, elle n'a jamais été plus belle. Je veux courir dans la rue, plaquer mes mains sur la tête des gens et leur ouvrir les paupières.

Regardez, regardez comme le monde est beau !

La mère de Nadine me ramène à la réalité :

— Attention, Martine. Ce n'est pas gratuit. Il va falloir que tu te trouves un emploi pour payer la chambre.

— Oui, je sais, mais j'ai assez d'argent pour payer le premier mois.

— Ça ne te donne pas beaucoup de temps pour te trouver un emploi.

— C'est vrai, mais je vais me débrouiller.

Un bruit me fait tendre l'oreille. Après avoir appuyé le récepteur dans le creux de mon cou, je tourne la tête.

Ma mère est debout, là. Ma mère écoute ma conversation. Elle pleure.

D'un coup de plume, je note le numéro de téléphone de la voisine, puis je remercie Suzanne et je raccroche.

— Un appartement ? me demande ma mère.

Sa voix est douce.

— Une chambre à louer.

— C'est vrai donc ? Tu pars ?

— Il le faut, maman. Je ne peux plus rester ici.

Elle prend une grande respiration et s'appuie contre le comptoir comme si elle en avait besoin pour supporter le poids de tous ses malheurs.

— Sais-tu quand tu reviendras ?

Je hoche la tête lentement de droite à gauche.

Malgré le soleil qui brille, c'est l'hiver dans la cuisine. Dans un geste d'exaspération, ma mère lance les mains en l'air. Puis, pour la deuxième fois, elle me tourne le dos et se dirige dehors.

Je pousse un soupir de soulagement en me rendant compte que cette fois-ci elle ne claque pas la porte.

❖

Je me demande si je vais me souvenir de ce moment dans vingt ans.

Antoine vient de me faire un cadeau : du papier à lettres orné de petites fleurs quétaines. Je les aime immédiatement, ces fleurs quétaines. Je les frôle en cherchant mes mots, tâche pénible, et je me coupe le pouce sur le bord du papier.

Mes yeux planent partout, partout, mais refusent d'atterrir sur son visage. Enfin :

— Le papier est beau.

Antoine hausse les épaules. Il a l'air mal à l'aise. Il fixe la rivière.

La tension entre nous me démoralise. Je veux me pencher vers l'arrière pour replonger dans le passé, pour retrouver Antoine tel qu'il était avant l'arrivée de Nadine. Nous n'étions jamais mal à l'aise ensemble, avant Nadine.

— C'est pour que tu m'écrives des lettres, me dit-il enfin.

J'éclate de rire. Que c'est bon de sentir le rire jaillir dans ma bouche !

— Ah, vraiment ? C'est à ça que ça sert, du papier à lettres ?

Ses yeux verts dansent.

— Apparemment... On va se baigner ?

Puis, brusquement, il se lève, traverse la plage en courant et plonge dans la rivière. Je dépose mon cadeau et m'apprête à le suivre, mais j'hésite une fois arrivée au bord de l'eau.

— Viens-t'en, Martine! crie-t-il.

— L'eau est froide!

— L'eau est toujours froide! Il faut y aller quand même!

Les vagues caressent mes chevilles, mes pieds s'enfoncent dans le sable. Soudain, j'aperçois à côté de mon pied droit quelque chose de brillant qui se dégage du sable. On dirait quelque chose de métallique. Je plonge la main dans l'eau et j'en ressors... une bague.

La bague de Nadine!

Est-ce possible? Elle est lisse, même pas sale. Je la tourne entre mes doigts, la glisse sur mon index.

Elle me fait bien. Je pourrais la cacher dans mon sac et la ramener chez moi sans que personne le sache. La garder en souvenir de Nadine. Nadine et ses yeux caramel.

Ou je pourrais la lui rendre. Elle pousserait un cri de joie, me remercierait à profusion. On redeviendrait amies.

— Tu t'en viens, oui ou non? appelle Antoine.

— Oui, oui. Dans une minute.

La bague s'enlève facilement. Dans un cri de triomphe, je la lance de toutes mes forces. La bague crée un, deux, trois cercles à la surface, puis l'eau se renferme sur elle.

⁂

Prête-moi ta plume pour écrire mon nom. L'écrire où? Sur le chemin menant à Montréal. Pour calmer la boule de joie en moi, je ramasse un roman que j'avais commencé à lire pendant que je vivais en recluse dans ma chambre. Inutile, je me trouve à relire le même paragraphe trois fois sans y comprendre une miette. Les mots dansent sous mes yeux comme des poissons sous l'eau et ils se noient dans le bruit de la télévision qui envahit ma chambre. D'après le vacarme, on croirait qu'une foule d'étrangers sont en train de se disputer dans notre salon.

Ma mère est assise dans l'obscurité. Les rideaux sont fermés, on se croirait dans un cinéma. Pendant un moment, je m'amuse à regarder les jeux de lumière que projette le téléviseur sur son visage. Pas besoin de film; on n'a qu'à regarder ceux qui regardent pour voir tous les changements cinématographiques. Ah, une scène sombre! Ah, une scène éclairée!

Ses yeux sont fermés, sa poitrine monte et descend lentement. Elle s'est endormie sans lâcher la télécommande.

Je me glisse dehors comme dans un bain chaud. Puis, en un essor magnifique, je détale. Je n'ai plus de nom, plus de pensées, je suis un cerf qui file à toute allure. Passé le jardin, passé les lits de mousse, passé la crique, je galope. Mes jambes vont se déchirer, mes poumons vont éclater, mais je me force à courir plus vite, plus vite encore. Enfin, à bout de souffle, j'aperçois la clôture rouillée qui marque la fin de notre terrain. Je m'arrête.

J'ai chaud à en mourir, je halète comme un chien, mais je suis heureuse. Juste là, de l'autre côté de la clôture, un pré d'herbe s'étire à perte de vue. Un océan émeraude.

Je longe la vieille clôture jusqu'à ce que j'arrive à l'endroit où, rabattue par le temps, elle fléchit vers l'avant et touche le sol. Il est facile de l'enjamber. Je l'ai fait mille fois.

Devant moi, un mur d'herbe. L'odeur est immanquable : verdure, trèfle, fleurs de moutarde dont la petite tête émerge ici et là. C'est une odeur riche, chargée de souvenirs. Odeur de la terre et de l'enfance. En me remplissant les poumons, je me dis que le monde commence et finit ici, dans ce pré.

L'herbe me monte jusqu'à la poitrine. Je pourrais être nue, ici, et personne ne le saurait. J'avance de deux pas vers l'avant, je virevolte, j'écarte les bras, puis je me laisse tomber sur le lit de verdure. Attrape-moi.

Couchée dans l'herbe, couchée dans mon enfance, je me demande pourquoi j'ai tant envie de quitter cet endroit. D'où vient ce désir qui résonne en moi ? Pourquoi ne suis-je pas satisfaite de ma vie ? Toujours cette force qui m'attire ailleurs, ce rêve qui m'empêche de dormir.

Un faucon aux aguets surgit de la forêt, plane au-dessus de moi, puis disparaît dans les nuages. Au moment même où il se fait engloutir par la barbe à papa qui flotte dans le ciel, je discerne au loin le sifflement d'un train. Combien de wagons, Antoine ? Avons-nous fini de compter les wagons, de compter les autos, de plonger dans la rivière ?

Une autre question me vient à l'esprit, celle-là résonnant si fort en moi que je me demande si quelqu'un ne l'a pas posée à voix haute. Mais non, je suis seule. C'est peut-être le vent qui l'amène, c'est peut-être le pré qui l'articule : Es-tu certaine de vouloir quitter ce lieu ?

Un Non ! ardent résonne en moi, mais aussitôt il est étouffé par une précision : Non, je ne veux pas quitter ce lieu ; oui, je veux vivre ailleurs. Si je reste, mon village m'engloutira comme la rivière a englouti la bague de Nadine. On oubliera mon nom, on m'appellera Artémise, je serai réduite à rien.

Pas question.

Je m'étire en souriant. Je me lève et je quitte le pré.

TABLE DES MATIÈRES

Achevé d'imprimer sur les presses de
l'imprimerie Gauvin, Gatineau (Québec).

MIXTE
Papier issu de
sources responsables
FSC® C100212